從生命的車窗眺望

星野源

裝幀　吉田ユニ
內文排版　宮古美智代
插畫　すしお

目次

從生命的車窗眺望

除了工作時，我平常多半戴眼鏡，隔著一層鏡片看世界。

裸視的視力大概是零點零三。最後一次接受視力檢查約是十年前，在那之後視力一年比一年差。之所以不再繼續檢查，是因為只要戴上比現在的度數更深的眼鏡，強烈的視力矯正就會令我像暈車般嘔心不適。因此，直到現在我還戴著度數較輕的眼鏡，遠方的景色總是模糊失焦。

或許出於這個緣故，無論周遭發生什麼事，我常有種自己身在窗內的感覺。身在窗內，只是看著窗外，就是這種感覺。就像電影《環太平洋》中，機器人頭部裡的那種駕駛艙，我坐在裡面操縱機器，置身事外地看著自己舞動手腳與雙腿之間，像個旁觀者。

二〇一三年夏天動過開顱手術之後，這種心情越發強烈。

橫過額頭髮際線上三公分處的傷痕，從左邊太陽穴連到右邊太陽穴，正好像是戴了一個髮箍。

為了方便我康復後繼續從事演員和音樂人的工作，醫生特地避開引人注目的額頭，從可以用頭髮遮住的頭皮部位下刀。現在，那道傷痕上方五公釐左右的區域長不出頭髮，如果我哪天必須剃五分平頭或把頭髮剪得極短，就會形成只有那裡禿了一條線的有趣髮型。看來只好多剃幾條線，自我介紹時開玩笑地說：「大家好，我是放浪兄弟的ATSUSHI。」

具體來說，手術就是沿著那圈髮箍切開頭皮，拉起額頭的皮膚，像取下面膜那樣朝下方掀開。露出頭蓋骨後，再像鑿開湖冰釣公魚那樣子在額骨上打出一個洞，手術刀等器具就從那裡伸入腦中，夾住腦動脈再動手術。當時打穿的洞已經癒合，不過現在用手去摸，還是摸得到一個直徑七公分左右的圓形凹痕。

這是無上的巨大機器人體驗。想像圓形凹痕裡的駕駛艙，打開艙門，彷彿就能看到小小的我坐在裡面，操縱宛如巨大機器人的身體，真有趣。我也是個大人了，不會一天到晚幻想這種事，只是冷靜想想，「星野源」的精神操縱著身體這個載具，這種奇蹟似的感覺確實在手術後變得更鮮明、更具體。

回到工作崗位後第一次參與的舞台公演，最近即將迎向最後一場演出。

這是「大人計劃」和「劇團☆新感線」初次攜手合作，以「大人的新感線」為名舉行的聯合公演，劇目是《LAST FLOWERS》。一場演出為時三小時半，包括排練與東京、大阪兩地的公演在內，前後投入大約三個月，共計演出六十三場，行程非常緊湊。

「公演時間拉得這麼長，卻能演到最後一場還不嫌膩，反而想主動追求更有趣的演出效果，這種劇目可是很難遇見的喔，阿源。」

主演的古田新太先生這麼說。即使是擁有三十年舞台劇經驗的他，似乎也難得遇到演得這麼開心的作品。

我喜歡古田先生。別看他長得那麼凶，平常竟然提著貝蒂娃娃的包包走來走去。我一指著包包稱讚可愛，古田先生就會笑咪咪地說：「俺最喜歡貝蒂娃娃了。」被八卦雜誌拍到他和女生在路邊接吻的照片時，古田先生的反應是暴怒地說：「在路邊親親不是很普通的事嗎！」一點也沒有要放棄的意思。

事實上，我們兩人去喝酒時也是。從位在巢鴨的第一間居酒屋，到去三軒茶屋串燒店續攤的電車上，只要周遭認出古田先生的人一說「請跟我握手！」或「我是你的影迷」，無論對方是男是女，他一定會大聲回應，並上前擁抱或試圖親人家。我真的很佩服這樣貫徹始終的他。

古田先生只要一喝醉就會親身邊的人，無關性別一視同仁。雖說他性好女色是眾人公認也自認不諱的事，但就我看來，總之古田先生就是很喜歡「人」。正因如此，他並不認為在路邊接吻有什麼好心虛的，我也覺得拿這件事當八卦一點意義都沒有。

不只古田先生，演員中害羞怕生的人很多，往往只有一起喝兩杯時，才能聽到平常聽不到的真心話。我自己雖然也算內向，但因為職業的關係，向來有很多聚餐喝酒的機會，由於體質緣故不太能喝酒的我，看到對方喝醉敞開心房了，自己卻還保持清醒，總覺得過意不去。我心想不能再這麼內向下去，結果養成沒喝酒也能侃侃而談的習慣，從玩笑話講到黃色笑話，也談工作上的嚴肅話題或真心話，從不設限，即使和醉鬼說話亦不以為苦。我非常喜歡和人喝酒聊天。

「阿源，那一幕多留一點空白比較好喔。」

平常不怎麼聊演技話題的古田先生，難得給予我修正上的建議。「好的。」我在理解之後，隔天正式演出時，稍微改變了那一幕的停頓時間，結果獲得比平常多三成的笑聲。

在舞台邊等待下一次上場時，比我先上台的古田先生總是對著即將打開的門，動也不動地站在我前方。這天，他第一次回過頭，對我比了一個大拇指。

下一瞬間，門打開了，古田先生拉開嗓門踏上舞台，我也跟上前去。意識飛進窗內。宛如巨大機器人的我啊，好好動起你的手腳吧。任由窗外身為演員的我逕自說出台詞、做出動作，窗內的我環顧四周。真是難以置信，不久前還躺在醫院裡盯著天花板，現在卻站在一千三百位觀眾面前大聲演出。

有人說，人生是一場旅行，確實有這種感覺。若將自己的身體比喻為火車，透過這列車的車窗，或許可以看到意外有趣的風景。

多摩川夕陽

這天，我參與演出的ＮＨＫ連續劇《昨夜的咖哩，明日的麵包》戲分全部殺青，向同劇演員及工作人員們打過招呼、準備要回家時，由於當天的外景地在府中的白糸台，附近沒什麼計程車。

我心想，不如走去距離最近的西武多摩川線的白糸台車站，找看看有沒有計程車招呼站，但到了那裡才發現車站太小，找不到類似招呼站的地方。

既然如此，只好搭電車到附近熱鬧的大車站，從那裡搭計程車了。雖說就這麼搭電車回家也行，但這樣得花上一小時，如果搭計程車走中央高速公路，十五分鐘就到家了。我想早點回家。

我穿過白糸台車站剪票口，走上月台看看貼在柱子上的沿線車站一覽表。這條線上距離最近又看似熱鬧的車站，是ＪＲ線也經過的武藏境車站，位於武藏野市。

這下不妙。一旦搭到武藏境，離中央高速公路又太遠。不只如此，武藏境一帶沒有別的高速公路，從那裡專程繞回中央高速公路入口太花時間，和直接搭電車到新宿換車回家的時間差不多。看來，還是只能在附近找大馬路攔計程車了。話雖如此，人都已經進了剪票口，總不能再出去。

我站在月台上束手無策時，背後忽然襲來一陣風壓，驚嚇之餘回頭一看，原來是與武藏境反向的電車正在進站。

『下一站，競艇場前、競艇場前。』

競艇場前。這個車站名聽似會有很多人，說不定會有計程車招呼站，於是我不管三七二十一地跳上電車。

眺望流過車窗外的風景，下午三點半距離天黑還有一段時間，天空萬里無雲。這麼說對住在這一帶的人很抱歉，但這裡還真是鳥不生蛋啊，放眼望去除了住宅還是住宅，聞不到一絲商業氣息。

我懷著不安的心情坐了一站後，下到月台一看，果然很冷清；急急走出剪票口，結果這裡還是沒有計程車招呼站。我失望地垂頭喪氣。算了，不要趕著回去也沒關係啦，四處逛逛再回去吧。

這個車站的剪票口比路面高，稍微能夠俯瞰街區，我往右看見湖一般的廣闊水面，四周有高大建築物聳立；沿著延伸的坡道信步往下走，看到寫著「BOAT RACE 多摩川」的招牌。也就是說，這裡便是多摩川競艇場。

大家都知道，競艇和賽馬或賽車一樣，是一種由選手駕駛汽艇競速、觀眾預測勝負下注的博奕項目。我從來沒進過競艇場，走近一看，左邊是競艇場入口，右邊有個計程車招呼站，停了四輛車。

「……」

我朝左邊走去。明明不久前還那麼渴望找到的計程車就在眼前，我卻突然對競艇場充滿興趣。

在入口處投了日幣百圓硬幣走進去，穿過沒什麼人的餐飲區，走到買艇券的投注所，那裡擠滿各種類型的歐吉桑。以為每個人都表情嚴肅、散發殺伐之氣嗎？倒也不是。當然有許多人為了生活而賭博，但我認為，真心享受輸贏快感的氣氛更加熱烈。

走上觀眾席，太陽已西斜，水面染成一片橘紅。廣播過後，開始今天的第十一場賽事。汽艇發出巨響，以駭人的速度經過眼前。我不禁興奮起來，拿起智慧型手機忙拍照。環顧四周，只有我一個人這麼做。

觀眾席安靜得連賽事何時結束都不知道。明明人這麼多，我還以為會像電視上看到的那樣（雖然那多半是賽馬場）充斥更多怒吼，或是出現把艇券朝半空中丟出去的人。但是沒有，這裡只有一群淡定觀看賽事的男人。或許受到夕陽下越來越紅的水面影響，整個空間莫名散發一股冷硬的氛圍。

我到最後還是沒買艇券。我向來不太花錢賭博，畢竟平常從事的工作已經夠刺激了。雖然不穩定，但押對寶時的收穫也相對較大，有時連自己都搞不清楚，到底工作是為了做自己喜歡的事，還是為了在賭注中獲勝。其實兩者都很重要，但一定要隨時提醒自己，絕對不能忘記前者。我看過太多一心執著求勝，回過神來才發現工作都沒了，就此自業界消失的前輩。這份賭上人生的工作，太容易令人上癮。

離開競艇場後，我搭上一輛白色計程車。「請走高速公路到澀谷。」聽我這麼一說，初老的司機清水先生便朝氣十足地回應：「收到！」

車子行駛當中，清水先生告訴我許多競艇知識。比方說，競艇是公營博奕項目中唯一的男女混合競技。還有，選手只要遲到五分鐘就不能進場比賽，所以再有名的明星選手也不會擺架子等等。

清水先生說他原本是上班族，退休後才開始開計程車，一直以來的嗜好是摩托車和汽車，擁有的愛車則是哈雷機車的 SPORTSTER 與保時捷。

「這位小哥，摩托車很棒喔，乘風奔馳時可以感受到季節。」

清水先生的兩位女兒已經出嫁，現在開計程車的目的是為嗜好賺油錢和維修費，生活費就靠國民年金；興趣是騎機車環遊全國各地，以及開保時捷載愛妻一同旅行。他手上拿著最新的 iPhone 6，車上聽的音樂是納京高（Nat King Cole）。

一路上，清水先生從頭講到尾。到了澀谷，差不多要結束談話時，清水先生說了一句令我深感同意的話，下車之後，直到現在仍難以忘懷。

「小哥啊，人不做自己喜歡的事不行喔！」

憤怒

我的演唱會通常以兩種形式進行。

一種是拿一把吉他自彈自唱，一種是帶著樂團在各種樂器伴奏下演唱。去年底，我在橫濱競技場舉行為期兩天的「TWO BEAT」演唱會，第一天採用自彈自唱形式，第二天則採用樂團伴奏形式，分別以兩種方式進行。

在選擇樂團成員時，我總是選擇個性和自己合得來的樂手，以創造盡情享受音樂的無壓力環境為目標。光是能在好的伴奏下演唱，就會覺得自己很幸福。樂手們來自不同環境，分屬不同年齡層，有資深的重量級樂手，也有與我同一所高中畢業、年齡相仿又熟知彼此性情的樂手。重要的不是演奏技巧，和感覺合得來的人一起演奏是最開心的事。我本身也不是講究演奏技巧的音樂人，這種方式對我來說或許比較自在。

成員中最年輕，資歷也最淺的是貝斯手濱岡本（Hama Okamoto），即使才剛出道不久，但已經擁有媲美重量級樂手的出色演奏能力，個性也很成熟穩重，只是不知為何，他總是在生氣。

雖然我說「不知為何」，但其實他每次生氣都有他的道理，條理分明。無論演唱會彩排、錄音或私下碰面吃飯時，工作上總有什麼惹他生氣的事。只要聽到他嘴裡嚷著「源哥聽我說」，接著上演的便是一場憤怒脫口秀。剛才說「不知為何」，並非「不知道他生氣的原因」，而是「不知道為什麼總會有事情惹他生氣」。我非常喜歡聽他說那些事。

話說回來，每次聽完憤怒脫口秀後，我大多會以「濱君聽我說，其實我也……」為開場白，回以兩倍分量的憤怒小故事。工作上各種不合理的麻煩事，也常常造成我的煩惱啊。

這樣的我們倆有個不成文的默契，那就是「越生氣的事越要講得有趣，最好能講到笑出來」。

發洩怒氣這件事，說起來會散發強大的負面能量，對聽的人來說，心情也會受到很大的影響。然而如果不發洩，只是默默放在心上，心情又會漸漸變得不穩定，有時連身體狀況都跟著變差。所以，必須盡可能以有趣又歡樂的方式發洩出來。

怎麼賣關子、怎麼描述，用什麼方式或表情重現被捲入不合理事件時自己的反應，努力讓對方聽得津津有味，笑著大喊：「太誇張了吧！」不需要加油添醋，因為每天真的會發生既誇張又莫名其妙，令人難以理解得只能苦笑接受的事件。可惜的是，工作上的憤怒小故事不能寫在這裡，那麼，寫些私下發生的事應該沒關係吧。

有一天，濱君氣得不能再氣地對我說：

「源哥，有件事我真的不能接受。」

說著，他給我看一張照片。照片裡是便利商店賣的橢圓形花式麵包，包裝袋上寫著這行字：

「撕得碎的奶油麵包」

濱君咬牙切齒地出示照片，用力得彷彿連血管都要爆裂。

「麵包不是……本來就撕得碎嗎！」

我用力點頭，骨頭差點移位。照片裡的麵包確實是容易撕開的丹麥麵包，但仍不減商品名稱的荒謬。濱君說，他幾天前在便利商店發現那款麵包，為商品名稱的矛盾日語感到憤怒不已，當場決定買下。

「既然說成這樣，當然要買來確認看看到底有多好撕啊！」

「結果呢？」

他氣得渾身發抖。

「超普通的……」

那是去年年底某天深夜的事，我們坐在咖啡廳裡，濱君憤憤不平地趴倒在放著咖啡杯和薑汁汽水瓶的白色桌面上。

「我猜，這款麵包的命名由來，應該是參考了另一款暢銷商品『手撕起士條』或『手撕麵包』吧？」

我這麼一說，他才露出發現下起初雪時的表情，猛地抬起頭。

「『手撕起士條』的厲害之處，是基於原本市售起士不太好撕的著眼點，以及追求無限撕裂起士的快感。『手撕麵包』的厲害之處，則是為了方便撕開麵包而設計成葫蘆型，也因為名稱本身朗朗上口，很快就深入人心。至於企劃這款『撕得碎的奶油麵包』的人，大概是為了沾那兩款暢銷商品的光，又不好意思完全照抄，只好用『撕得碎』代替『手撕』，藉此聊表原創性，結果就造成你所說的矛盾性。」

「原來如此，也就是說，製造這款商品的人也想追求自己的原創性吧？源哥。」

這一刻，世界上的憤怒又消失了一樁。

後來我們聊得太開心，直到咖啡廳打烊才離開。時間已是深夜四點，搭上計程車前，決定先去便利商店買東西。我選好飯糰時，濱君張牙舞爪地跑過來。

他手上握著一條麵包，包裝袋上寫著這麼一行字：

「撕得碎的柔軟葡萄乾麵包」

我們異口同聲大喊：

「麵包本來就撕得碎，而且大部分都很柔軟好不好！」

憤怒

電波與聖誕節

沒記錯的話，十四歲那年，我第一次創作了自己的歌。用的是父親讓給我的古典吉他，舊尼龍弦鬆了也沒有調緊，就這樣以少少幾個音組成的和弦唱了起來。談不上技巧也沒有歌藝可言，真的是很不像樣、完全不像樣的歌。

上高中之後，我向朋友借來用卡式錄音帶錄音的業餘錄音設備，開始在家錄音。生日時，父母送了我一套便宜的鼓。為了怕吵到鄰居，我在鼓上覆蓋毛毯和大毛巾，就這樣錄起音來。分開錄製的吉他聲，也為了不造成鄰居困擾，只能將音量控制在一定程度內。因為很討厭自己的聲音，根本沒想過成為創作型歌手，單純只是興趣。

十八歲那年，我搬出老家一個人生活，住的是沒有浴室的三坪大公寓，室友有蟑螂也有老鼠。那可是一棟4D立體聲建築，隔壁房青年做愛的實況總能透過聲音與震動即時轉播。因此，只要一彈起吉他，住在樓下的管理員婆婆就會手持掃把上來罵人。即使如此，我還是克服萬難彈奏吉他，把音量控制在最小限度內作曲。遇到下雨天就不用在意聲音了，所以我常在下雨天寫歌。若是遇上颳大風下大雨的日子，風雨就是百分之百的隔音裝置，可以盡情大聲唱歌、彈吉他，誰也不會有怨言。

夜裡睡不著時，我總是在寫歌。

邊作詞作曲邊心想，現在這首歌要是能傳送到誰的耳邊就好了。這連隔壁住戶都聽不到的微弱歌聲，一定會像廣播的電波般飛向某處，被誰接收——當這個念頭浮現之後，忽然莫名其妙地成為確信。

不過，我也知道那只是年輕人特有的無可救藥的自戀心願，只是一個廢物、一個失敗者、一個不值一文的無名小卒可悲的白日夢。

二十歲那年，我組了沒有主唱的純演奏樂團SAKEROCK，從此一腳踏入音樂業界。原本因自卑而封印起來的唱歌這件事，也在細野晴臣先生的鼓勵下抱定豁出去的覺悟，製作了第一張專輯《笨蛋之歌》。回過神來，這樣的我竟然在橫濱競技場裡開了演唱會。因為想用這場演唱會串起剛開始作曲的自己、現在的自己與未來的自己，於是在分成兩天舉行的公演第一天，我採用自彈自唱的形式。

身處空間寬敞的橫濱競技場，演唱當年那首在三坪大的房間裡，以只有兩坪左右範圍內聽得見的聲音作成的歌曲。

聚光燈打在我身上時，四周一片漆黑，什麼都看不見。那個瞬間，一萬兩千名觀眾彷彿消失不見，競技場裡只剩下我一個人。

當年那個鴉雀無聲的深夜，安靜無聲的城市裡，看不到未來的我幾乎要被自己的無能擊垮，輾轉難眠，一隻眼睛流出毫無意義的眼淚。喘不過氣時，只能慢慢起身掀開棉被，拿起身邊的吉他，在伸手不見五指的黑暗中寫歌。那個瞬間，和現在站在舞台上唱歌的這個瞬間相連了。我心想，竟然真的有這種事。

既不是白日夢，也不是自戀的幻想。當年一心想要「傳送給誰」而從心中發射的電波，花了這麼多年慢慢地飛，終於飛到聚集此地的觀眾耳邊，被大家接收了。曾經以為多餘而無用的那個念頭，在這裡真的實現了。

閃亮
在無意義中
消逝的時間裡
點亮的燈

唱起〈閃爍〉這首歌時，偌大的橫濱競技場宛如狹窄的三坪大房間。這不是誇飾法也不是誇大其詞，我真的感覺距離觀眾這麼近。最後一首歌結束後，觀眾席的燈光亮起，好多人為我鼓掌。

「在大型場地舉行的演唱會不是真正的音樂。」

「在小型 LIVE HOUSE 唱歌才是正義。」

以前的我也曾這麼想，不過，那是錯的。

音樂，以及在演唱會上感覺到的空間感與距離感，並非用場地大小來衡量，而是以演奏者、音樂人與聽眾之間心的距離來衡量。

在那裡，我度過了非常幸福的時間。無論會場有多大，那兩天的橫濱競技場仍是最狹窄也最棒的地方。

公演結束一星期後剛好是聖誕節，因為前一天收到朋友送的聖誕禮物，我打算出門買回禮。走在人潮洶湧的澀谷大十字路口，身旁是熙來攘往的上班族、情侶以及成群學生，我和一個頭戴紅色聖誕帽、手上牽著寵物、身穿深咖啡色破爛大衣的老爺爺擦肩而過。

老爺爺手上繩子的另一端，是個戴著聖誕帽的鬃刷。

原來老爺爺牽著的不是寵物，他只是把鬃刷拖在路上走。沒說什麼，也沒有什麼引人注目的動作，直直走過十字路口。慢慢混入喧囂雜沓人潮中的那個背影，好像在吶喊：「接收我傳送的東西吧！」

我站在大十字路口的人潮中，望著那道背影看了好久。

朋友

我自己完全不使用 Twitter、Facebook 及 Instagram 等社群軟體。既不擅長在那樣的地方寫文章，也不知道該寫什麼才好。唱歌、演戲、寫散文和歌詞已經充分滿足我的表現欲了，頂多偶爾借用工作人員創的官方帳號，在 Twitter 上配合宣傳發表文章。

以上，是到目前為止的對外說詞。

事實上，我曾有一段偷偷玩 Twitter 的時期。

二〇一三年因病休養時，不管怎樣就是很寂寞，很想和人說話。可是，若真的見到朋友或工作上的夥伴，又會想起自己不能工作的窩囊現狀，後悔和身體健康的人碰面，陷入自我沮喪之中。

問題是，我真的很想念人群。這時腦中突然閃過一個念頭：

「不如透過 Twitter，從零開始交朋友吧。」

一般來說，除了官方帳號之外，演員或音樂人等公眾人物若私下擁有名稱不同、只限少數朋友及家人知道的帳號，通常稱為「私人帳號」。不過，我做的事又和這完全不同。

不以「星野源」的身分創建帳號，也不提任何與工作或個人資訊有關的事，換句話說，就是創建一個完全不同身分的帳號。

不讓任何現實生活中的朋友、家人或工作夥伴知道這個帳號的事，也不關注任何實際認識的人的帳號。這個帳號的個人資料上，名字或年紀都和真正的我不同，說起來就是個虛構帳號，也就是「假帳號」。透過這樣的帳號，或許能讓我稍微忘記痛苦的現實，又能達成與人交流的願望。

我為自己訂下四條規則：

・絕對不提自己的名字和個人資訊。
・只寫正面積極的事。
・不寫任何批評、批判的言論。
・不寫謊話。

不料，開始沒多久我就發現不妙。在 Twitter 這個地方，不管說了什麼，如果沒有跟隨者，就完全不會有人對你說的話產生反應，交友圈連一公釐也不可能拓展。在完全不借助現實世界人際關係的狀態下，我在 Twitter 上連一個朋友都沒有，拓展不開交友圈也是理所當然的事。

如果加上標籤，用偏激的言論批判什麼，或許能得到某些反應。可是，我又不是為了表達自己的意見或發洩壓力才使用 Twitter，只是想跟誰說說話而已。我也不想說負面消極的話，就算是喬裝成另外一個人的帳號，內在的人格還是我，絕對禁止靠胡說八道或逢迎諂媚來吸引別人注意。

繼續這樣下去，直到地老天荒我的 Twitter 帳號也無法增加跟隨者，總之先主動找幾個人打招呼吧。

『你好！』

沒有回應。要是像我這種來路不明的人隨便打個招呼就能得到回應的話，這社會也太好混了。不管怎麼說，還是先在個人資料欄上加入自我介紹吧。我盡可能貼近現實地把自己設定為「喜歡音樂和插畫的上班族」，出身地和年紀則是虛構。

即使如此，還是得不到任何反應。絞盡腦汁的結果，我決定在自己喜歡的插畫家發表作品的推文下送出回覆。不是主動對誰說話，而是改用這種與不特定多數人互動的方式，或許能順利達成溝通的目的。

『您的作品太棒了！（中略）我會一直支持下去！』

五分鐘後，螢幕上的「通知」圖示亮了起來。

『謝謝您。我今後也會繼續努力！』

我高興得跳起來。

得到誰的回應，竟是這麼不容易，又是這麼令人喜悅的事。

接下來，我積極對自己喜歡的漫畫家、音樂人、舞者送上讚美的話語。他們多半不是專業人士，而是基於興趣或發表同人作品的業餘創作者。當然，只限看了作品之後，令我真正打從內心感動的對象。

持續一段時間後，我開始收到許多回覆，回覆逐漸構成對話，對話中又衍生出新的話題，慢慢形成閒聊。最後，終於出現關注我的跟隨者，從零開始交到新的朋友。

要出門工作的跟隨者在 Twitter 上發文：

『我要出門了！』

於是我回覆他：

『路上小心！加油喔！』

收到他的回覆：

『謝謝！我會努力的！』

真的光是這樣，自己就能振奮起精神，努力度過那一天。不知不覺中，會如此在Twitter上寒暄的朋友數增加到二十人。

又過了不久，隨著休養生活結束，正式回到工作崗位的我忙碌起來，幾乎沒有時間使用Twitter。現在偶爾發個推文，看到「通知」圖示發亮時，當時的感覺總會再次浮現在心頭。

這群朋友，肯定一輩子都不會見面吧。那時候，真的非常謝謝你們。

作曲的日子

過完年後我一直在寫歌。

得在兩個月裡寫出十首歌左右才行。不管在家、電視劇拍攝現場的休息室，或是在為寫好的歌進行混音的錄音室，我都在寫歌。如果手邊沒有吉他就用哼唱的方式簡單錄在錄音機裡，如果有吉他就邊彈邊寫。

這段期間寫的多半是節奏輕快的樂曲，所以我經常使用彈片。為了不弄痛手指，彈吉他時會使用一種三角形的扁平薄片撥弦，那就是彈片。我常用的是芬達樂器公司出品的玳瑁色彈片，形狀像個三角飯糰。因為輕薄短小，總是不小心就弄丟了。彈片用久了也會受損，屬於消耗品，我通常會在手邊多準備一點。可是，不知不覺中，手邊只剩下最後一片。

某個因工作繁重而筋疲力盡的日子，我在錄音室裡邊等待混音，邊彈古典吉他作曲消磨時間。

這時，彈片忽然從手上飛出去，穿過琴弦，掉進吉他中央的響孔。這是常有的事，我也不是特別在意。只要把吉他響孔朝下搖一搖，彈片通常會立刻掉出來。可是沒想到，那一天我搖了吉他許久，彈片卻怎麼也掉不出來。雖然聽得到「喀啦喀啦」的聲音，也感覺得到彈片在吉他裡到處移動，但它就是不出來。不管怎麼搖、怎麼晃都不出來，到最後連「喀啦喀啦」的聲音都聽不見了。是怎樣啊？跑到另外一個世界去了嗎？

看看時鐘，再五分鐘就得離開錄音室。也罷，今天就這樣吧。這麼想著，我把吉他收進吉他盒。

同一段時間裡，我在過完年後立刻開拍的電視劇拍攝現場，每天都過得非常有趣又充實。

那是根據真實事件改編的NHK電視劇《紅白誕生的日子》。劇情描述第二次世界大戰之後，在被GHQ（註1）接收的國營放送局——後來的NHK中，做為戰後教育的一環，一位日籍導播企劃了廣播綜藝節目《紅白歌合戰》，為了使節目順利播放而奮鬥不懈的故事。

飾演主角的是松山研一先生和本田翼小姐，我扮演的則是與他們對立、隸屬ＧＨＱ的日裔美籍軍人。那是一個非常嚴格，對上司的命令絕對服從的頑固角色。然而，當他遇見了兩位主角，受到他們的影響與感動，逐漸表現出原本不為人知的真正個性。

角色設定為在日本出生、美國長大的日裔美國人，自然少不了英語台詞。不知為何，工作人員說：「星野先生也玩音樂，耳朵一定很好，沒問題的。」這番話雖然給了我神祕的安心感，但我終究還是對英語台詞忐忑不安，於是在朋友的介紹下，請了一位一對一教學的英文老師。

說是老師，其實對方還小我十歲，是一位在美國與英國長大、英語發音完美道地的日本人。老師的教學仔細、有趣又認真。每次，我自認已經發出和他一模一樣的音調，他卻說：「ＮＯ，不對喔。」一次又一次告訴我到底哪裡不一樣。我也在不斷的發音練習中，逐漸分辨得出音調的差異。這種透過學習理解的過程實在非常有趣。

我從國中開始彈吉他，當時沒錢買樂譜或樂團譜，只能直接用耳朵聽音源照著彈。剛開始根本聽不出和弦，也聽不出貝斯的聲線怎麼走，不知道該怎麼辦才好。但我不肯就此放棄，聽了無數次之後，慢慢一點一滴地聽出音色微小的差異，能夠分辨出不同的樂器，也聽得出和弦的張力。學習英語發音的過程和這種感覺很像，非常有意思。

既然如此，真希望哪天自己的歌也能用完美的英文發音來唱。

「星野先生，用英文唱歌是很開心的事喔。」

最近自己也組了樂團的英文老師笑著對我這麼說。

多虧他的指導，電視劇的拍攝順利殺青，我和飾演長官的美國演員也能說著「Yeah」、「Great」之類的單字溝通。

回到家，我興致勃勃地抱起吉他，準備作曲。正好身心都還殘留美國的餘韻，心想著不如寫一首美式迪斯可風的曲子吧。想彈吉他時才發現——

沒有彈片。

糟糕，家裡的彈片也用完了。在不用彈片的情形下，光用手指很難彈出節奏那麼快的樂曲。怎麼這樣啊？難得提起幹勁，偏偏在這時候發生這種事，教我該拿自己激昂的創作欲如何是好？

註1：General Headquarters的縮寫，意指「盟軍最高司令官總司令部」。第二次世界大戰後，為執行美國政府「單獨占領日本」的政策，麥克阿瑟將軍以「駐日盟軍總司令」名義在日本東京設立的單位。

才剛這麼想，輕輕嘆了一口氣時，我聽見肚子旁邊發出「喀啦喀啦」的聲音。

只見彈片忽然從吉他的響孔輕巧地掉出來，落在眼前的桌子上，彷彿正對我說：

「請用。」

Here you GO!

一期一會

我每週會去一次ＮＨＫ。

由內村光良先生主導的短劇節目《ＬＩＦＥ！～獻給人生的短劇～》第三季開始錄影，我身為這個節目的固定班底，每週得參與好幾齣短劇的拍攝。

ＮＨＫ電視台總是人滿為患。從偶像明星、大河劇裡的武士們，到散發仙人氣質、不知道是在做什麼的年老工作人員，各種不同種類、從事不同職業的人，鬧哄哄地走過走廊，或是在同一個餐廳裡大口扒飯。

我也經常在這裡遇見認識的人。有時遇到在其他節目上關照過我的造型師，於是停下來聊聊天；有時看見在我演唱會上擔任伴奏的樂手，又是一陣寒暄；也曾有睽違幾年不見的朋友在這裡叫住我，就這麼站著說起話來。在這裡，我深深感受到人與人之間的相遇有多麼重要。不會只是一次就結束，總會在別的地方再次連繫在一起。

有一天，我錄完某齣短劇，說聲「我去上廁所」，走進距離最近的一間男廁。那裡有五個小孩也能使用的縱長型小便斗，三個坐式馬桶隔間和一個蹲式馬桶隔間，是一間相當寬敞的男廁。

我站在離門口最近的小便斗旁，拉下長褲拉鍊。正在方便時，一個身穿綠色可愛戲服、四歲左右的男孩走了進來。在眾多小便斗中，他選擇我旁邊的那個，拉下拉鍊，用冷酷的語氣啐了一聲：

「……真是地獄。」

我驚訝地望向他，他也用直率的眼神回應。我倆四目相交了幾秒，已方便完的他拉上拉鍊，小跑步離開廁所。

我也趕緊拉上拉鍊洗手。衝到走廊上，正好看見他的背影。他和兩個穿著相同戲服的幼童走在一起，身旁還有看似他們母親的女性與看似製作人的工作人員。孩子與眾人說說笑笑，露出可愛的表情。

他才幾歲，竟然已見識過地獄。

NHK果然是個有趣的地方，希望哪天還能與他再次相見。

幾天後的傍晚，打算去澀谷購物的我想攔一輛計程車，卻怎麼也攔不到空車。走到大馬路旁已經十五分鐘了，一直是這個狀況，我開始對自己的運氣不佳感到煩躁。

這時，遠方出現一輛打著「迴送」而不是「空車」燈號的計程車。我抱著豁出去的心情高舉左手，瞬間，那輛計程車竟亮起停車燈，就這樣停在我面前。後座的車門打開，我鑽進車內，看到副駕駛座的椅背後方貼著一張大大的貼紙。

「一期一會」

這句話旁邊是司機的照片以及三百字左右的自我介紹。這位司機先生姓M。我第一次看到這麼詳細的自我介紹。根據這份自我介紹，M先生在歷經旅遊作家等工作後成為計程車司機。我告知目的地，車子向前行駛。

「不是迴送中嗎？載客沒有關係？」

我這麼一問，年約四十出頭的男性司機便以沉穩的聲音說：

「其實我是打算去加油，不過載您到澀谷還沒有問題。」

原來如此。我邊點頭邊朝駕駛座的椅背後方瞧，那裡貼著一張A4大小的電影海報。

《計程車司機》(註2)

這是馬丁．史柯西斯執導的名作。海報上，飾演男主角的勞勃．狄．尼洛穿著軍用夾克，雙手插在褲袋裡行走，彷彿世上無一處可容身的模樣令人印象深刻。然而仔細一看，車上那張海報裡，雙手插在褲袋裡行走的不是勞勃．狄．尼洛，臉的部位以拼貼的方式換成司機M先生的照片。主角的名字也從勞勃．狄．尼洛改成M先生的名字，旁邊還加上一行說明文字「其實是狄尼洛♪」，導演的名字則是「馬丁．史柯西西」。真是太亂來了，我忍不住噗嗤一笑。

「這張海報真有趣。」

「謝謝，還有人問我，司機先生您拍過電影啊。」

M先生從副駕駛座上拿起一張紙遞給我。那是真正的《計程車司機》海報。定睛一看，上面寫的還是「馬丁．史科西西」。

「咦？史科西西？」

「是這樣沒錯。聽說以前用片假名寫他的名字時，都是拼成『史科西西』而不是『史科西斯』喔。」

我驚訝得下巴差點掉下來，發自內心以剛才嘲笑他的自己為恥。

註2：一九七六年由馬丁．史柯西斯執導，勞勃．狄．尼洛與茱蒂．福斯特主演的電影。

一般計程車放減肥廣告等傳單的地方，放的是宣傳M先生部落格的傳單，車內到處都有寫著格言的貼紙，不過M先生本人不會主動強調什麼，只有在我提出問題時，做出溫和又簡潔的回答而已。

到了澀谷，我付完車錢後M先生說：

「祝您心情愉快。」

打開車門，我才剛下車，一對提著印有寶可夢插畫的大提袋、看似英國人的老夫妻隨即上車。油不知道還夠不夠用呢？我有點擔心。

計程車駛了出去。東京果然是個有趣的地方，希望哪天還能與他再次相見。

HELL

人

兩年前的二〇一三年冬天，我在某居酒屋參加了於森之宮 Piloti Hall 舉行的「笑福亭鶴瓶落語會」大阪公演的慶功宴。

當時我仍因病療養中，看到每天為了提高基礎體力而努力復健的我，鶴瓶先生好意邀我前往大阪。

「你等一下沒事吧？畢竟這裡是大阪，跟我一起來參加慶功宴吧。」

表演結束後，我去休息室打招呼時，鶴瓶先生這麼說，將獨自來到大阪、人生地不熟的我帶在身邊。

在眾多工作人員及前來欣賞大阪公演的相關人士包圍下，鶴瓶先生讓不安的我坐在他身邊，與眾人喝酒談笑。從今天的表演水準，聊到這把年紀才以更正式的形式挑戰落語的前因後果、和夫人之間有趣的小故事等等，一如舞台上的鶴瓶先生，把周遭人逗得笑聲不斷。

隨著醉意漸深，話題自然聊到中村勘三郎先生（註3）。

我有一首名為〈怪物〉的歌。

二〇一二年底，在第三張專輯《Stranger》的製作過程中，我因為寫不出某首歌的歌詞焦躁不已，狠狠毆打自己的頭臉，不中用地大哭大叫，直到一再延期的錄音當天才好不容易寫出歌詞，前往錄音室，錄完這首歌之後，隨即因為蜘蛛膜下腔出血而病倒。

當時錄的正是這首〈怪物〉。

歌詞的靈感，來自二〇〇三年參與舞台劇《人間御破產》（註4）時，當時尚未襲名還是「中村勘九郎」的勘三郎先生告訴我的話。

「在觀眾熱烈的掌聲中回家後，站在浴室裡沖澡洗頭的時候，卻是真正孤獨的一個人。」

註3：日本歌舞伎演員，於二〇一二年十二月過世。
註4：此處劇名為直譯，日文漢字的「人間」指的是「人」或「人類」。

後來我才聽說，公演當下勘三郎先生打從內心對演技感到苦惱。站在舞台上是那麼耀眼，深受工作人員、合作演員與所有觀眾喜愛，看似沒有任何缺點的他，卻未因此心滿意足，反而抱持更高的目標與自己奮戰，打從心底苦惱。正因如此才會感到孤獨吧？

想著這段往事，我寫下歌詞：

澡堂裡冒出泡泡
連胸口深處都感到不安

誰來聽見這聲音吧
此刻也在體內
高聲響起
心中描繪的東西
將明天帶來
從地獄深處
將變身的我推上來

在這首歌的歌詞中，我結合了儘管不中用卻無法放棄的自己，以及對已逝勘三郎先生的敬意與崇拜。

結束療養生活，復出後舉行的武道館演唱會上，〈怪物〉是我演唱的第一首歌。聽在觀眾耳中，這給人「復活」之感的歌詞或許像是我為自己寫的歌。在接受採訪時，也有記者對我說：「這是預言了星野先生終將復活的歌呢。」但我是這麼想的，這首歌是勘三郎先生說著「就把這首歌當作是阿源你的歌吧」而貼心送給我的一份禮物。

「勘三郎真的是個呆瓜。」

鶴瓶先生是勘三郎先生無可取代的摯友，也是工作上的夥伴。慶功宴氣氛來到最高潮，鶴瓶先生分享了勘三郎先生生前的惡作劇與遇上的麻煩事，引起大家一波又一波的爆笑聲。能在想起逝者時笑得這麼歡樂，可不是一件常有的事。

「人一死就什麼都結束了。」

鶴瓶先生的聲音有點激動。

「像勘三郎那麼厲害，達成那麼多豐功偉業的男人，一旦死了就被大家遺忘了不是嗎？我覺得好可悲。」

包括我在內，席間的氣氛出現一點變化，笑意完全從鶴瓶先生眼中消失。

「勘三郎死去還不滿一年，大家卻已經忘記他。人一死，一切就結束了。」

鶴瓶先生忽然轉向我。

「所以阿源你可不能死。真的，你沒死真的太好了。」

咧嘴一笑、醉得發紅的臉，看起來有一點哀傷。

那之後又過了兩年。隔年的落語會我也去欣賞了，還曾受邀參加每月固定舉行一次的「無學之會」演出（註5），持續與鶴瓶先生保持交流。今年春末夏初，四月底時鶴瓶先生打了電話給我。

『阿源，我現在在做《鶴瓶噺》呢。』

《鶴瓶噺》是大約兩小時的舞台表演，以整場毫不中斷的隨興脫口秀組成。我只看過鶴瓶先生的落語表演，還沒看過《鶴瓶噺》。我問：「可以去欣賞嗎？」鶴瓶先生爽快地答應了。

一揭開序幕，鶴瓶先生就揮著手出現在舞台上。

「大家想睡就睡沒關係喔，也可以隨時去上廁所。」

這麼對觀眾席上的老人家喊話後，《鶴瓶噺》就此展開。鶴瓶先生接二連三地發表這一年來累積的各種段子及趣味十足的小插曲。誇張的故事引爆笑聲，我與在場所有人共度一個拚命忍笑的夜晚，時間一眨眼就過去了。

「今年是我師傅笑福亭松鶴逝世三十週年，我想來說說老爹（松鶴）的事。」

接下來，鶴瓶先生說起與松鶴師傅之間的小插曲。因為鶴瓶先生投入松鶴門下不久便成為電視明星，與其他徒弟之間的落差太大，松鶴師傅連一次也不讓他參加落語練習。取而代之的是，松鶴師傅將錄了自己落語表演的錄音帶交給鶴瓶先生，要他聽寫內容，藉此間接達成練習效果。鶴瓶先生也用逗趣的口吻提起師傅喝得爛醉回來，用雨傘尖戳師弟的搞笑往事。在觀眾的笑聲中穿插各式各樣的小插曲，最後他這麼說：

「人就算死了也不會結束。」

這令我聯想到兩年前他說過的另一句話。

「因為活下來的人會繼續談論那個人，把棒子傳接下去。所以，人就算死了也不會結束。這就是我今天想告訴大家的話。」

註5：由笑福亭鶴瓶在自宅主辦的集會，每月請來祕密嘉賓演出，內容包括演唱會、脫口秀、落語相聲等各種形式。

《鶴瓶噺》便在這句話中落幕。

「人一死就什麼都結束了。」

「人就算死了也不會結束。」

在這兩句話之間，究竟有著多少思念、憤慨與決心呢？

我沿著山手通走回家時，這麼一想，一個人哭了起來。

ぽいっ

他看起來總是好寂寞。

當他從舞台下方一躍登上舞台，出現在觀眾面前時，伴隨響亮的爆破聲與火光煙霧等特殊效果，幾萬名觀眾瘋狂尖叫，昏厥的粉絲接二連三被抬出會場。此時樂聲仍未響起，只聽見人們的吶喊。他一動也不動，連續好幾分鐘一動也不動，直到前奏響起，才終於配合節奏舞動、歌唱。幾萬人跟著唱，聲音撼動會場，這是一場動人心魄的演出。即使如此，他的表情深處仍透露著一絲寂寞。

埼玉縣川口市芝町，一棟租來的老舊小平房。包括玄關在內，一樓有一半面積曾是一間小酒館，現在這個空間成為儲藏室。後方是三坪半左右的起居室，靠牆放著父親親手打造的木架，正好可以擺進小小的真空管電視機，汗流浹背地唱歌跳舞的麥可·傑克森就在其中。

那時的我很寂寞。小學低年級的時候，我在學校和周遭人處得不太好。因為太喜歡人，我積極接近人群的態度到了討人厭的地步。曾幾何時，為了令事態看來合理，我做出欺騙自己的設定，認定自己「其實不喜歡人」，就此變得沉默寡言。

麥可的舞蹈、麥可的演出，他那美好的歌聲與樂曲中的歡暢和哀愁，以及眼底深處不知為何總透露出的一絲寂寞，引起我厚臉皮的共鳴，我對他的一切深深著迷。

他的音樂和大街小巷播放的西洋音樂或時下流行的日本音樂有著明顯不同的節奏。就像潑在惺忪睡眼上的水，又像冷不防襲擊駝著的背，令人不由得驚跳的節奏就是這麼刺激，然而聽在耳中絕不刺耳，只會以舒服的溫度加熱體內沉眠的血液，使之逐漸沸騰。那是一種對音樂覺醒的感覺。

之後，經過二十五年。

我長大成人了，不再寂寞，又變回一個最喜歡接近人群的人。麥可先走一步去了天國，我成為音樂人。

新歌的主題早在一年前就決定好，我打算融合七〇年代末期到八〇年代初期的經典舞曲、摩城樂風（Motown）、R&B與靈魂樂，再以日本流行樂的方式呈現。採用幾乎相同概念創作的樂曲〈櫻花森林〉，差不多已於一年前完成。雖然自己非常喜歡那首曲子，但若要說還有什麼令我掛心，就是它還無法站上流行音樂的擂台。

現在我的音樂需要的是盡可能「持平」。樂曲不需要大幅變化，也不能製造淺顯易懂的高潮。我想做的是在變化較少的反覆節拍中，以旋律與和弦疊出複數層次，從聽的人內在製造出高潮。這正是我從許多靈魂音樂中獲得的感受。

另一方面，眾多日本音樂人前輩打造出的世界獨一無二的日本流行樂「J－POP」，則不能只注重內在，也必須製造表面上的高潮，才會具有辨識度。

雖然想保留「持平」的感覺，但我也熱愛製造高潮的戲劇化要素與日本流行音樂式的副歌，曾經從那些歌曲中獲得許多勇氣、活力和感動。正因黑人音樂和J－POP都是自己熱愛的音樂，不管對哪一種音樂我都不願意敷衍以對。

結果，我花了大約一年的時間在腦中調整兩者的比例分配。雖然是流行樂，但具有如舞曲般令人想舞動身體的要素；雖然是經典舞曲，但也要鋪陳出流行樂感受的副歌。為了做出這樣的曲子，我重新研究了麥可及其他靈魂樂手的節拍與節奏。

歌詞不要太艱深，最好是簡單明瞭的光明內容，光明到莫名其妙、沒頭沒腦的地步也無所謂。那麼，這世界上最光明的東西是什麼呢？

是太陽。為一切帶來光明、賦予生命、光輝燦爛的太陽。儘管如此，卻從來沒有人能接近太陽，探究太陽內在真實的情況。

我想，那就像是麥可。他為全世界帶來音樂、活力與希望，自己卻永遠孤單，沒有任何人能接近他的心。我將歌名取為「SUN」，把我個人對麥可的心情寫入歌詞之中。

Hey J.

總是獨自一人

唱歌跳舞

J是「傑克森」的第一個字母，也是「自由」的第一個字母(註6)。我希望聽的人能自由套入各自的想像，希望這首歌成為乘載每個人想像的容器。

讓我聽見你的歌

註6：「自由」的日文念作「JIYUU」。

無論在深邃的黑暗中 或明月上頭

所有一切都能如心所願

在音樂節目《Music Station》上唱到「明月上頭」這句歌詞時，我靈機一動地跳了月球漫步。那一刻的我，似乎與當年隔著真空管電視看麥可的我緊緊相繫。

KING OF POP
SOURCE OF STAR

某一天

我還閉著眼睛。

現在幾點？

昨晚就寢前，關掉臥室電燈時，緊閉的遮光窗簾中央滲入一道來自陽台的清晨天光。現在，緊閉的窗簾另一端透進的已是暖色系的光。六月底，頭上的窗簾外應該有個令人誤以為梅雨季已經結束的大晴天吧。

該起床好呢？還是再睡一下？

昨天錄了一整天的《ＬＩＦＥ！～獻給人生的短劇～》。從早上九點半開始，參加了有點搏命演出的短劇。劇中有一幕必須以肩膀著地的方式往地上摔。吃中飯時，我清楚感覺到肩膀一帶的肌肉像要裂開一般疼痛。拍攝持續到晚上十點多才結束，我接著上健身房鍛鍊身體。在常去的蕎麥麵店吃過遲來的晚餐後，回到家中已是深夜，又看了一齣電影才上床睡覺。

捏了捏稍嫌鬆垮的肚子肉，睡傻了的知覺這才開始感到疼痛，腹肌、肩膀、肩胛骨附近的肌肉一片痠痛。身上的T恤被汗水浸濕，雖然還想繼續再睡，但領口到肩膀一帶濕濕黏黏的很不舒服，提高再次墜入睡眠的門檻。

我從仰躺的姿勢翻身，左手垂落床邊，趴在床上伸手拿鬧鐘。

假設入睡時是早上五點，只要超過下午一點就等於睡滿八小時，可以起床了；如果不滿八小時，那就勉強自己繼續睡。

我微微睜開眼睛看鬧鐘。

十一點三十七分。

我情不自禁地睜大眼睛，此刻時間比想像中早了許多。好吧，至少也睡了六小時。我撐起身體下床，用力拉開咖啡色的窗簾。天氣並不晴朗，外頭下著小雨，剛才那以為梅雨季將結束的預感是怎麼回事？

我往洗手台移動，刷牙洗臉，並打開智慧型手機裡的 YouTube 應用程式，任由音樂流瀉。

最近，比起客廳裡的CD架，總覺得與網路上的 YouTube 距離更近。從產生「想聽音樂」的念頭到播放曲子為止，這是最快達到目的的方法。不知道為什麼，可是，我認為這個感覺對今後的音樂工作非常重要。

「音樂人必須聽高解析音樂才行，只能聽音質更好的唱盤或ＣＤ。」

不能用這種想法推翻自己的感覺。

若想正視如今這個時代音樂該有的存在方式，只能坦然面對自己身為閱聽者時的感受，尤其是在這個領域裡以音樂人自居、從事音樂相關工作的人更該如此。無論用何種方式欣賞，音樂還是音樂，不會有任何改變。不管用什麼方式來聽音樂都是有趣的、開心的。我希望能做出在任何環境下都同樣有趣的音樂。

結束盥洗後，我吃了一根香蕉、喝了一杯柳橙汁。每次都會想「早知道應該在刷牙前吃」，可是刷牙前吃東西，嘴裡的感覺又很不舒服。吃完水果，身體總算開機運作的同時，電腦也開機了。我確認郵件、回覆信件，順便把固定瀏覽的遊戲情報網站、動畫情報網站和影像網站全都逛過一圈。看點無關緊要的影像後，回過神時，已經超過下午兩點。

撐傘到附近咖啡店，小雨已進化為普通的雨。我用筆記型電腦校對前幾天接受雜誌採訪的訪談稿，再邊校對預定出版的拙作文庫本內容，邊將名為「Ginger Pork」其實就是生薑燒肉的定食快速扒進口中。喝兩杯咖啡。因為便意來襲，結帳離開前順便跟店家借個廁所。

我直接在路邊攔一輛計程車，前往八月時即將舉行由我單獨演出的武道館演唱會「星野源的一人一邊」的彩排會場，和工作人員討論曲目、關於串場影片的想法，練習了大約十首歌。

幾個小時過去，時間已是晚上八點多，我帶著沙啞的聲音，回家路上去了常去的蕎麥麵店吃晚餐。我打開手機裡「文化放送(註7)」的應用程式，邊用耳機聽廣播邊走路回家。

開門進屋，洗完手漱完口，走進客廳打開PS4，玩一款名叫「Hotline Miami」的遊戲。宛如任天堂紅白機遊戲般點陣風格的畫面上，有很多可愛的黑手黨，我一一把他們撂倒。可以使用各種武器，畫面上血流成河，說起來就像鬥毆版本的「小精靈」，就是這樣的遊戲。

腦袋完全進入「無」的境界時，我開始作曲。彈奏吉他，唱歌，絞盡腦汁想點子。

註7：日本的廣播電台之一。

作曲告一段落時已是早上四點，我匆匆忙忙進浴室淋浴。今天從中午開始有拍攝雜誌封面的工作。

吹乾頭髮後，躺在床上閉起眼睛。真是開心的一天。

即將墜入睡眠的前一刻，我忽然想起今天是《達文西》雜誌連載專欄「從生命的車窗眺望」的截稿日。

一行都還沒寫。我猛地從床上起身，打開黑暗中的電腦。電腦開機的這段時間，我伸了個懶腰，不經意地望向窗簾，見到角落滲出淡淡的天光。這麼說來，昨天睡前也差不多是這樣。

然後，我寫下第一行。

我還閉著眼睛。

現在幾點？

文章

「星野先生為什麼會開始寫文章呢？」採訪我的記者們，經常帶著興致勃勃的表情這麼問。他們邊在小型筆記本上做筆記，邊拿著印有訪問題目的影印紙，身邊還放著筆記型電腦。

記者們有時是真的期待我做出有意思的回答，也有時只是為了顧及工作禮儀，努力扮演出感興趣的樣子。不管哪一種，我都真的打從心底感謝。

「在演員和音樂人的忙碌工作中，是什麼原因促使您想要寫作呢？」

開始沉迷於閱讀散文，是十六歲那年的事。最早是因為讀了松尾 SUZUKI 先生的《大人失格》與宮澤章夫先生的《通往牛的道路》這兩本被譽為名著的散文集。當時，我正參與學校裡的小型戲劇表演，為了找尋適合搬上舞台的劇目，在書店的戲劇書籍區隨手拿起這兩本書。那是我有生以來第一次體驗到什麼叫「光看文字就能捧腹大笑」。

小時候我並不喜歡看書。雖然最喜歡憑感覺看漫畫，可以一直看都沒有問題，可是，只要換成散文或小說，讀到一半思緒一定會飛往其他地方，手上翻著書頁，內容卻沒有讀進腦中，回過神來才發現自己在書本裡迷了路，就像在陌生的地方搭火車睡著，醒來時完全不知自己身在何方。

可是讀這兩本散文時，卻是從頭到尾抓在手中不放，直到抵達書中的終點站。

因為崇拜他們兩位，自己也開始想寫文章——在面對記者的提問時，這是我最常回答的答案。

「好棒的動機！」

會問寫作方面問題的人，多半是喜歡聽到與書相關插曲的人，所以我也偏向回答這個答案。當然，這個答案不是騙人的。

只是，還有另一個原因。事實上，這才是我正式開始寫文章的更大原因。只是做為採訪時的答案可能不太有趣，所以一直沒有強調。

這個原因是，我非常不擅長寫電子郵件。

我寫的電子郵件可說是支離破碎，毫無文采可言。現在光是稍微想起一點，感覺就像胃部凹陷似地一陣痛苦。回想起來，收到我電子郵件的人，大概比收到詛咒的連鎖信更困擾吧。

不到二十五歲的時候，我第一次擁有自己的電腦，開始使用電子郵件。搜尋當時發給別人的信件內容，心情就像打開禁忌的門鎖。戰戰兢兢地按下 Enter 鍵，出現在那裡的是和現在完全不同的我。

『了姊～』

不舒服到泛胃酸就是這麼回事。那不是打錯字或按錯鍵，從前我好像認為把「了解」故意寫成「了姊」很有趣。回頭看過去自己寫的電子郵件，不管哪一封都讓我想吐，好似生吞了體內帶有四十個卵的德國蟑螂。當時我寫的文章就是這麼令人不舒服。

「為什麼會寫出這種東西啊？」

即使是當時，按下送信鍵的瞬間就已出現這種感覺，每次打開寄件匣重讀，都會陷入絕望。除了毫無文采外，無論我自認為寫得多麼清楚，對方還是無法理解我的意思。每次都這樣，越想讓對方知道的事情越是無法傳達，語言能力的低落程度戰勝一切。

最心酸的是，明知寫出來的文章不是自己本來想表達的東西，卻因為想不出更好的表達方式，只好就這麼按下送信鍵。

然而隨著時間經過，多了各種工作機會，電子郵件的必要性也不斷提升。無論寄出多少電子郵件，無論怎麼思考、怎麼重寫，我的文章還是一直寫不好。

既然如此，不如把寫文章當成工作吧。

只要當成工作強迫自己做，不但會有更多人看到，如果寫得不好，除了遭到編輯否決以外，讀者的反應一定也不好。這是強制砥礪寫作能力的機會。要是哪天我能寫出好的文章、受到誰的稱讚，那可真的是後天實踐凌駕先天文采的瞬間。

我去拜託幾位認識的編輯，只要能給我寫作的機會，要我寫什麼都願意。就這樣，幸運地獲得雜誌空白處的一句話連載專欄。

可是，不管怎麼寫都一點也不覺得好玩，反而必須一再面對自己文采低落的事實。就算寫出自己無法認同的東西，截稿日期一到還是非得交出去不可。

這麼寫著寫著，不知為什麼，編輯要我交稿的字數越來越多，不知不覺中還出版自己的書。幾年不間斷寫作的成果，現在已能將自己的想法原原本本地用文字表達出來。

寫電子郵件也不再是苦差事，甚至因為能把事情說明得更確切，運用文字反而比口頭表達更自如。

現在，寫文章對我來說是一件開心的事。

曾幾何時，我變得不太看漫畫，更常閱讀小說和散文。明明只是活字羅列而成的世界，卻充滿令人驚喜的現實味與人性。我在紙上的世界旅行，感覺像去了陌生的地方，體驗進入各種不同人心中窺探的樂趣，享受想像力引擎全開的快樂，嘗到讀書的快感。

此外，以作家的身分寫散文，描寫眼中所見的景色與自己內心的風景，對我來說也有一種療癒作用。

我看到什麼？什麼樣的景色打動我的心？心是怎麼樣被打動的？以此為出發點展開了什麼樣的思考？

無論是多麼稀鬆平常的小事，順利用文章表達出來時，心情就像在整理得整整齊齊的家中，泡進剛刷洗好的浴缸裡，身體也洗得乾乾淨淨時那麼神清氣爽。

「星野先生為什麼會開始寫文章呢？」

真正的答案是為了讓自己擁有這種好心情。雖然很想這麼回答，但說明起來實在太冗長，或許今後我還是會歸因於對松尾先生和宮澤先生的崇拜吧。

今後的功課是用更簡潔、更自由的方式說話，說出既能讓對方理解，又能百分之百表達自己心情的話語。

了解でう～

HOTEL

戴上耳機，打開筆記型電腦，聽著前幾天剛錄好的曲子寫歌詞時，鼻端飄來火柴燃燒的氣味。

這裡是某飯店最高樓層的酒吧。

即使將近晚上十二點，占據飯店半層樓面積的酒吧仍幾乎客滿，氣氛熱鬧。

我邊喝柳橙汁邊思考兩星期後舉行的演唱會內容，思考遇到了瓶頸，於是改為寫歌詞。這是一間完全不禁菸的店，視野裡隨時煙霧瀰漫，有時還會微微刺痛眼睛。

還未配上自己歌聲的最新樂曲流瀉入耳。

我很喜歡錄音的工作。

把在家寫好的曲子帶到錄音工作室時，很像小時候用存了很久的零用錢買下模型、打開盒子時的感覺。

盒子裡零件齊全，接下來只需要組裝。處理黏貼面的方法、配色比例……一切都是自由的，可以隨心所欲決定。眼前拓展的無限可能性，總是令我雀躍不已。

請樂手演奏時，音樂的樣貌會逐漸改變。音樂的「零件」數量不固定，有時可能增加，有時也有可能需要補足。不過，在錄音的當下加入靈光乍現的想法與表現方式，順利的話將完成非常有趣的音樂，就像組裝出遠比包裝盒照片上更帥氣的模型。

現在還無人知曉的音樂。

拿下耳機，調酒師調製雞尾酒的聲音、各種成人（包括日本人與外國人）談話的聲音、情侶開心聊天的聲音、現場鋼琴演奏的經典爵士音樂……許多不同的聲音混合成噪音的漩渦。

小時候，家裡總是放著爵士樂唱片，父母在家會抽菸，也經常帶我一起去酒吧或小型的表演場地。

開巡迴演唱會時住到吸菸房，或是搭新幹線時坐到非禁菸席時，通常會覺得有點倒楣，可是，換成酒吧之類的社交場合，無論多麼煙霧瀰漫我也不以為意，如果現場播放的是爵士樂更好。那總令我想起兒時受雙親保護的記憶，產生一股安心溫暖的感覺。

「源睡著了。」

一閉上眼睛就聽見母親這麼說。

我很喜歡裝睡，喜歡偷聽父母從照顧我的束縛中獲得解放時閒聊的那些話題。

儘管小學低年級的我是個活潑好動的小孩，玩到夜深時也難免受睏意襲擊，忍不住閉上眼睛。「啊，他睡著了。」這麼說著，不再顧慮我的父母開始閒聊。

「源他上次啊……」

父母偶爾也會聊起關於我的事，聽了很開心。感覺自己好像透明人，沒有人發現我的存在。我偷聽著父親與母親的對話，或是父母和一起來到這間店的朋友聊他們的嗜好、聊汽車或咖啡、聊爵士樂、聊安妮塔・歐黛（Anita O'Day）的專輯、聊外國電影等等小孩聽不懂的事，為此樂此不疲。

我一直想成為透明人。

想在別人看不到的情況下，做出讓大家跌破眼鏡的惡作劇。

比方說，上課時，暗戀的女生課桌上正巧飄來一片櫻花花瓣，其實是我從窗外帶進來的。

比方說，有個把我書包裡的東西從三樓陽台往下倒，還笑著說「自己去拿啊」的男生，我打算把削得尖尖的鉛筆插進他的鼻孔裡。

就像插進優格紙盒裡的吸管，2B鉛筆尖銳的筆芯插破他的鼻咽部，穿過腦幹直達大腦，破壞司掌身體記憶的小腦，使他的身體失去控制，滴滴答答流著鼻血，不知道發生了什麼事也叫不出聲音，只能跳著滑稽的舞死去。

想像這樣的他，我不禁微笑。

綜藝節目《志村健的沒問題啦》裡有個透明人的橋段。看到電視上的透明人潛入女澡堂的樣子，我也興起去女澡堂看看的念頭。

很少去公共澡堂的我，誤以為女澡堂是個和電視上一樣充滿年輕女性的地方。我想盯著女人的乳房與雙腿之間。幻想變成透明人的自己，我不禁微笑。

可是，不管做什麼，我終究是不被任何人看見的透明人，無論如何發揮想像力，想像自己做出多麼脫離現實的事，最後還是陷入一陣孤單寂寞的情緒。

一感到寂寞，我就會故意翻身或發出類似說夢話的聲音，吸引父母親注意。察覺到我的動靜後，父母會輕聲笑著拍拍我的身體，讓我放心。每一次到最後，我一定會真的睡著。

隔天早上迷迷糊糊醒來時，腦海中隱約記得前一晚被抱上車、到家後脫掉衣服換上睡衣的事。這時，總會浮現有點可惜、有點寂寞，卻又只有開心的記憶殘留心中的難以言喻情緒。

現場演奏的鋼琴聲，不知何時已經結束。

酒吧裡的客人少了一半，我才寫了兩行歌詞。

闔上電腦，喝完剩下的果汁，我從高腳椅跳下來，結帳，搭電梯下樓回房間。

ROOM

打開飯店房間門時，只見東京的夜景跳進昏暗的房中。

我湊近窗玻璃俯瞰城市。即使已是深夜，車站附近的大型告示板依然閃閃發光，連身在距離遙遠又隔著一層玻璃的這個高樓房間裡，還是覺得很刺眼。

我一直到最近才懂得欣賞夜景。在那之前，看到電視劇裡的情侶邊看著夜景邊用餐的愉快情景，總不明白到底好在哪裡。

已經過了晚上十二點，還有幾個人在工作的公司窗戶。看似全家人都已安靜入睡的大樓窗戶。只放了冷氣室外機的地方，大剌剌地撐著一把海灘遮陽傘的公寓頂樓。曾經發生過殘忍暴力事件的商業大樓頂樓，現在鋪滿一整片泥土種下植物，打造出美麗的菜園。

我喜歡想像。

日常生活中的夜晚，視野雖然會被黑暗遮蔽，想像力卻相對得以盡情發揮，令人莫名真切地感受到，自己正與這個城市裡的幾百、幾千萬人共同存在。不知為何，肉眼看不到的時候，反而能把世界看得更清楚。

想去旅行想得不得了，只好把自己關在市中心的飯店裡，假裝正在旅行。我的夢想是不帶手機，前往南方島嶼兩個星期左右「什麼都不做」，但是當然沒有那個美國時間。

今年起，製作型態有了各種改變，和過去不同，身邊的工作人員不管做什麼都以我的身體狀況為最優先，為我費了很多心思，真的很感謝他們。同時，他們也知道我是個打從骨子裡喜歡工作的人，總是為我做最大限度的拿捏與調整，讓我得以「既不造成身體的負擔又能紮實地工作」。

當然也有不需要外出的日子。然而，大部分的創作其實都在自家誕生，即使利用這種日子來住飯店，結果還是把吉他和電腦一起搬過來，變成在飯店房間裡作曲或寫稿。說起來，這樣的閉關創作還真奢侈。

照進窗內的街燈足夠明亮，於是我未點亮房間的燈，就這樣打開吉他盒、設置好錄音機開始作曲。為了不打擾隔壁房客，音量必須控制在最低限度，輕輕撥動和弦，低聲哼唱。因為我不會讀寫樂譜，作曲時隨時以錄音的方式記錄。彈奏樂器唱歌，只是不斷如此反覆。即使創作出很棒的旋律，我也不會高興得跳起來。身體紋風不動，連個勝利姿勢也不擺。

只是，腦中形成不可思議的狀態。

那裡有一個世界，有空氣也有味道，我所做的就是把那裡的畫面、景色與故事轉換為聲音，創作為歌曲。

在攤開的五線譜上寫下和弦時，窗外忽然出現閃光。

飯店的窗玻璃很厚，聽不到風聲，入夜之後就難以得知室外的天氣狀況。我以為是閃電打雷，但再次湊近窗邊一看，儘管還有烏雲，卻看得見黑色的天空，原來是月亮探出臉來。

眼前再度發光。那不是來自天上的亮光，而是來自下方。約莫只有這棟飯店一半高度的大樓，窄小的頂樓散發出小而犀利的光芒。

光芒以發光處為起點，不斷緩緩描著「8」字改變方向，每隔幾分鐘便閃過房間的窗前一次。

發光處的四周很暗，地點又遠，看不清楚究竟是怎麼回事。

我點亮房裡的燈，打開電視旁邊放小東西的櫃子，裡面有一副望遠鏡，似乎是這間飯店提供給房客觀賞夜景用的。上次來住時發現了它，我還暗自心想，這麼一來豈不是可以隨心所欲地窺看鄰近的公寓嗎？

我再次關掉房裡的燈，站在窗邊舉起望遠鏡，朝發光的方向望去，將視線焦點集中在那棟建築的頂樓。光芒的真面目原來是一面圓形的小手鏡。

鏡子用封箱膠帶纏繞在一把歐洲古董家具風格的椅背上，椅子搖搖晃晃，斜前方放了一架看似電影投影機的東西。鏡子與投影機中間有另一把椅子，上頭貼著看起來像大型放大鏡的東西。

頂樓入口處旁的牆壁上有插座，投影機插了電正在發光，光線集中在放大鏡上。鏡子反射光線，將刺眼的光芒傳送到我這邊。

用望遠鏡窺看貼著鏡子的椅子底下，有個長頭髮的女生低頭跪在那裡，雙手抓住椅腳慢慢移動。她穿著單薄的白色短袖罩衫，下襬紮進牛仔褲裡。

四周沒有任何人，她獨自做著這件事。背部到肩胛骨的線條拱起，似乎頗為樂在其中，又像帶有某種目的。在這樣的深夜裡，那份孤獨看起來確實具有生命。

我腦中並未浮現「為什麼要做這種事」的念頭。

打從一開始那個女生就不存在，也沒有鏡子和投影機，只有不知為何放在頂樓的一把椅子，如此而已。

我常常這樣，在日常生活中，不知不覺幻想起什麼事。發呆放空的時候大概都在想這些，使我深切體認到，自己還是不要考駕照比較好。

回過神來，眼睛離開望遠鏡。我從窗邊走開，拿起吉他，坐回桌子前。

那麼，最初那道閃光到底是什麼呢？我邊這麼想，邊又繼續作曲。

武道館與歐吉桑

為期兩天的武道館演唱會結束了，好開心。在總計兩萬六千人面前、可三百六十度環顧全場的中央舞台上，不帶樂團，我一個人唱了歌。

在競技場等級的會場舉行個人演唱會時，總是難免以「全力以赴的成就感」為主題。然而，這次我的目的不是開一場累死人的演唱會，而是想盡可能以個人的身分面對每一位來到會場的觀眾，更深刻地感受彼此共度了同一段時光、共享了同一場演唱會，所以才選擇「一個人」上場。

我希望能讓觀眾保持新鮮感並樂在其中。演唱會整體分成四個階段，每個階段都會稍微更動舞台布置，設置幾個不誇張的機關，自己則盡可能嘻皮笑臉。

順利結束兩天公演的隔天，我在強烈的飢餓感中醒來。從床上起身時，心情就像剛結束社團活動的國中男生。

原本以為自己抱著平常心享受了一場演唱會，看來一個人面對那麼多觀眾，似乎還是消耗了一些什麼，身體與心靈迫切需要補充精力。

總而言之，就是很想吃些高熱量的東西，這麼一來，我想起化妝師T推薦的某家中華料理店，而我到現在還連一次都沒去過。

沖個澡換衣服，查了一下地址便搭上計程車飛奔到店家。肚子餓得不停咕嚕叫，只想趕快吃到東西。正打算用力推開餐廳大門時，腦中瞬間浮現T的話：「那間店有點吵鬧喔。」

我打開門，長方形的狹長店內，一位皮膚黝黑、身材清瘦、做服務生打扮的五十多歲歐吉桑朝我大喊：

「蹦啾！」

是法語，不過他怎麼看都是日本人，聲音就像剛在上野阿美橫丁裡大聲吆喝叫賣過一樣沙啞。我急忙朝店外探頭確認招牌，上面寫的確實是「中華餐廳」。中國、法國和上野頓時在我腦中攪成一片，害我瞬間陷入混亂。

「蹦啾，請坐，蹦啾。」

語氣雖然很有「男大姊」的味道，實際上聽起來卻又不是「男大姊」，他說話的聲調就是這麼恰到好處。面對他高昂的情緒，我正顯得有些不知所措時，他又說著「這邊請」，引導我走向靠牆的單人座位。我乖乖在椅子上坐下，他把菜單攤開在我面前說：

「這件外套怎麼這麼帥！」

被稱讚了。

「無領的設計很棒耶，沒有領子看起來好時尚！」

歐吉桑的嗓門很大，語氣十分開朗。

「啊，謝謝。」我向他道謝。

因為無論如何都想吃油膩的碳水化合物，我便點了萵苣番茄炒飯和蛋花湯。於是他又向我說明，現在點午間套餐的話，本來就會附一碗蛋花湯。「你看，就是那個。」循著歐吉桑的手指望去，一個頭髮微捲、穿著短褲的白人男性正在吃八寶菜套餐，不過，放在飯旁邊的湯碗看起來有點小。

「你一樣點套餐，給你大碗一點的湯吧？」歐吉桑迅速察覺到我的飢餓。我問：「可以嗎？」他對我眨了眨眼，說聲「了．解」便走入廚房。

他走開後，我忽然發現自己臉上笑咪咪的，搓揉臉頰恢復正經的表情時，歐吉桑剛好手腳俐落地端上蛋花湯，飄來一股刺激食欲的麻油香。我正打算開始吃的時候——

「噯，你有沒有聽見？」

聽他這麼一說，我訝異地回應「咦？」他又指指廚房。

「等到那個滋滋聲停下來（一個深呼吸），炒飯就會端上桌囉！」

說完，他再次對我眨眨眼。

此時，店門打開，走進一對二十五歲左右的情侶。他們看來似乎是常客，歐吉桑口中的「蹦啾」比剛才招呼我時還要高亢，並親暱地與那兩人攀談。聊了一陣子，情侶檔點了大碗擔擔麵，歐吉桑大聲重複：

「擔擔麵，鼓起來的！」

走向廚房點餐、瀟灑經過我身邊的他，再次對我說：「聽，滋滋聲停下來了。」說這句話的同時，他還是腳不停步地繼續往前走，使得那聲音聽來就像加上都卜勒效果，成為有旋律的歌聲。歐吉桑直奔廚房，在裡面大喊：「鼓起來的擔擔麵，兩碗。」看來「鼓起來的擔擔麵」指的就是大碗擔擔麵。

炒飯端上桌了。炒得粒粒分明的米飯裡融入番茄，整體帶點粉紅色，把黃色的蛋襯托得很好看。我用湯匙舀起一口飯送入嘴裡，味道不會太重，非常好吃。

往旁邊看，白人男性已經吃完他的八寶菜套餐，正站起來掏出錢包，朝結帳櫃台走去。我聽見他問歐吉桑：

「Are you Japanese?」

歐吉桑瞬間張大嘴巴發愣，又隨即回答「Yes、Yes」，以流利的英語和那位白人男性對話。原來歐吉桑也會說英語啊，還有，他果然是日本人。

吃完所有的食物，坐在位子上小憩時，我忽然想開一場像這樣的演唱會。

不過，究竟要做成什麼樣的內容，我還完全沒有頭緒。

アサヒ

怕生

我刻意讓自己不笑。

在拍攝現場，即使只是準備上場的時間也盡量比平常壓抑感情，可是，包括主演的綾野剛先生在內，松岡茉優小姐和吉田羊小姐等合作這齣戲的演員們老是愛逗弄我，不然就是對我很親切，使我忍不住高興得露出微笑

我在前幾天開始播映的電視劇《產科醫鴻鳥》中飾演四宮春樹。這個角色因為過去的某件經歷而失去笑容，變得不知該如何表達情感。為了扮演這個角色，就算沒有對著攝影機，無論在攝影棚或外景地我都自然而然地不笑了。

這麼一來，我才深刻體認到平日的生活裡充滿多少笑容，舉凡看電視的時候、和人聊天的時候、告訴計程車司機目的地的時候。就連過去毫無自覺的瞬間，現在也開始意識到：「啊，我剛才笑了。」

看看周遭的人，大家都和我一樣。我再次察覺，人們在日常生活中微笑的機會實在太多了。打招呼時、說著「辛苦了」道別時、搞砸什麼事情時、找到喜歡的音樂時、覺得東西好吃時，大致上都會發出笑聲，或是露出微笑。

以前也在散文中提過，我小學時曾經笑不出來。不過，那只是無法發出笑聲，並非無法露出笑容，也不是無法表達情感。

笑容在生活中不可或缺，與人溝通和確認自己的想法時，笑容也很重要。正因如此，笑不出來的人該有多麼孤單啊。我想著自己扮演的角色，內心這麼感嘆。

抬起頭，吉田羊小姐正端著已經攪拌到發白的納豆，拿著筷子站在我面前。這裡是外景地的休息室，化妝師正在幫我化妝。我坐在椅子上說「納豆耶」，她就用筷子撈起一口，送到我嘴邊。

我張開嘴，納豆餵了進來。

「好吃。」

「是吧？」

說著，羊小姐回到自己椅子上吃起納豆。這不是間接接吻，是間接納豆。

我總是因為這些事得到很大的救贖。因為扮演這個角色必須板著一張臉，儘管只是演戲，心還是會疲倦，這種時候她總會跑來跟我說話，像拔掉塞子排除廢氣一樣，使我得以維持星野源的平常心。

不過，當我將專注力集中在角色上時，羊小姐一定不會接近。什麼時候該開口說話，她判別得很清楚。這種掌握時機的品味不知是與生俱來，還是從過去的經驗中習得。到底是哪一種呢？

「不愧是我的羊。」

滿口納豆的我這麼說。在片場，我都稱她為「我的羊」。

剛開始是我上笑福亭鶴瓶先生主持的談話節目《A-Studio》時，提起關於《產科醫鴻鳥》片場的小插曲。那時，螢幕上出現羊小姐的照片，鶴瓶先生說「這是羊嘛」，我忍不住開玩笑回答：「對啊，是我的羊。」最早是這麼開始的。

隔天到了片場，我向她本人報告這件事，她故意裝作生氣的樣子笑著說：「我會透過經紀公司向你提出抗議喔♥」後來我一直纏著她喊「我的羊」，慢慢地她好像也習以為常了。

我是從什麼時候開始不怕生的呢？有一天，我忽然發現自己根本不是怕生的人。在那之前，即使走在路上看見認識的人，我也無法出聲叫住對方；待在團體中時，總是盡可能一個人獨處。

有一次我去上廣播節目，在節目上說明自己「是個怕生的人」，當下忽然產生一股難為情的感覺。對於把「怕生」講得好像是一種病，提起這件事時彷彿束手無策的自己，瞬間感到有點火大。

在那之前，因為太希望別人喜歡自己、太害怕被人討厭，我乾脆放棄「與人溝通」這件事。明明就算溝通失敗也該努力從中學習人際關係，藉此獲得成長，我卻懶得這麼做。

擺出一副受害者的樣子跟對方說「我很怕生」，這種做法根本是不知羞恥地宣稱：「我這人就是不想努力嘗試溝通，麻煩你配合我囉。」

從幾年前開始，我不再認為自己是個怕生的人，隨時提醒自己敞開內心的大門不要上鎖。我也養成對喜歡的人說喜歡的習慣，就算被嫌煩、就算被討厭，但既然喜歡對方，就不要放棄這麼想。於是，我想起來了。從年幼時第一次被說「你很煩」那天起，為了不要再被討厭，我扭曲自己的個性，不顧最喜歡與人接觸的事實，故意告訴自己：「反正我本來就討厭人群。」

現在，即使待在團體中也不需要刻意落單。每個人生下來都是孤單的個體，正因如此才要牽起別人的手，和人交流溝通。

「兩位，麻煩了。」

ＡＤ田村來叫我們。

「好～」羊小姐一邊回應，一邊從位子上站起來。「走吧，我的源。」

「嗯，我的羊。」

說著，我們一起朝攝影地點走去。

YELLOW DANCER

一九九七年，很長一段時間，我請假沒去上學。

有各種原因，簡單來說就是精神上受不了。不過，一直待在家裡也不是辦法，我心想試著去上學看看吧，恢復上學那天發生了兩件事。

「源，要不要一起玩團？」

那個人用開朗的聲音，對我這個高二剛升高三就請了三個月長假的人這麼說。他在班上很受歡迎，組了一個學校裡很多人崇拜的樂團。那時，他問我要不要加入樂團擔任打擊樂手。

在那之前，我只在家裡不為人知地玩音樂，不為人知地用錄音帶錄起自己唱的歌。因為太喜歡音樂，害怕在人前受到批評。

可是，我沒有辦法這麼說，當場回答他：「我想參加。」從那天起，開始了我的音樂人生。

還有另一件事。

在同學邀我加入樂團的幾個小時前，我因為很久沒上學，總覺得從學校正面進去有點心虛，便繞了遠路走向體育館。有個社團在那裡晨練，一個和我同班的女生也在那裡拉筋。她看到我，臉上露出稀奇的表情，邊發出「喔喔」的聲音邊對我揮手說：

「源同學要不要也來跳？」

原因和前面提到的幾乎完全相同，那天，我在衝動之下加入日本民族舞蹈社。

接下來的日子，我學習了名為「中野七頭舞」的東北地方民俗舞蹈。在那之前，腦中想像的日本舞都是慢動作，然而七頭舞是一種祈求五穀豐收、漁獲滿載、出入平安的舞蹈，有著類似機械舞的節拍和複雜的動作。跳舞時兩人一組，總共有七種不同角色，舞步也各不相同，跳起來既挑釁又帥氣，是很激烈又華麗的舞蹈。

舞曲進行到一半時，舞者會像跳霹靂舞的對決那樣，以二對二的方式面對面展現自己的舞技；還沒輪到自己上場時，其他舞者就坐在舞池兩旁觀看。等到七種角色的舞都跳完之後，所有人一起跳整齊劃一的群舞，光看就令人起雞皮疙瘩，那種熱烈激昂的情緒總是使我內心激動不已。

跳舞的當下自我意識消失，腦中一片空白。揮灑汗水，肌肉痠痛，心無旁騖地跳著跳著，原本槁木死灰的自己會宛如復活般充滿活力。從那天起，舞蹈對我而言成為非常重要的東西，我變成一個熱愛舞蹈的人。在我心中，「跳舞」和「活著」是同樣的意思。

二〇一三年，工作上放了一個長假。

儘管原因正如大家所知，我總認為在家怨天尤人也不是辦法，手術後的那個夏末，我帶著 iPod 外出。

走在無人的住宅區，原本不管什麼音樂都無法好好聽完的我，想起過去自己總喜歡像這樣在深夜安靜的街上邊走邊聽音樂的事，於是將 iPod 裡所有歌曲設定為隨機播放，然後按下播放鍵。

耳機裡流瀉出的是 Prince 的〈I Wanna Be Your Lover〉。

小鼓聲劈開耳朵鼓膜，前奏響起的瞬間，眼前的世界閃閃發光。承受太多不安而疲倦、憔悴到了極點的心，像是重新開始呼吸般動了起來。回過神時，我一個人在無人的夜路上手舞足蹈。

從小學開始聽的 Michael Jackson、Prince、Earth Wind & Fire、The Isley Brothers，只

有這些我個人非常喜愛的少數經典舞曲與靈魂樂，能毫無窒礙地滲入心中。前一刻明明還處於連聽音樂都覺得痛苦的狀況，這一刻卻發現期待、興奮與雀躍的創作欲已然湧上心頭。

一方面受到最愛的黑人音樂影響，我還是想做出使人無意間感受到現代日本情調的音樂，將那些刻劃在我們心中的昔日情景透過音樂重現。我想做這樣的音樂，想做讓人聽了身體便不知不覺舞動起來的舞曲。

過去，服部良一先生與中村八大先生等作曲家創作了許多日本歌謠曲。後來，各種各樣的流行歌除了受到那些歌曲的影響，也受到不少爵士、藍調等黑人音樂的影響。然而，在吸收這些音樂的優點時，也經過一番咀嚼消化，並非完全模仿，最後誕生出屬於日本自己的音樂。回顧日本流行樂，其實有著如此美好的歷史。

說起來，在那些父母、祖父母、現在的日本人以及大家的上一輩、上上一輩不假思索聆聽的日本流行音樂基因中，原本就存在著黑人音樂的感覺。呈現在那些音樂之中的日本情懷，也夾雜來自黑人音樂的文化。簡而言之，自己現在生活的這個國家的音樂就是「YELLOW　MUSIC」，我只要做出這樣的音樂就行了。

從來沒想過製作過程可以這麼開心，大家讓我放手去做了。音樂曾二度拯救我，懷著對音樂與舞蹈的愛，我完成一張專輯獻給現在所有正在跳舞的人。能完成這張專輯真的好高興。

我決定把專輯取名為《YELLOW DANCER》。

Would you like to dance?
YELLOW DANCER

「恭喜」

結束《產科醫鴻鳥》的外景戲，回到休息室時，等待我的不是連續劇的工作人員，而是在從事音樂工作時固定合作的化妝師及造型師。我匆匆換裝，重新補妝，把自己的東西整理好。

把其他領域的工作人員帶到拍片現場屬於異常事態，我打從內心感謝容許這件事的劇組和相關人士。離開休息室時，大家對我說「辛苦了」、「路上小心」。

按照規定，我不能告訴別人自己接下來要去哪裡，所以什麼話都沒有說。不過，目送穿著成套西裝的我離開，每個人的表情都好像明白些什麼，彷彿對我說「恭喜」。

前一天，我在台場的攝影棚錄《ＳＭＡＰ×ＳＭＡＰ》。就要開始錄影的時候，第一線經紀人帶著手機走進休息室。

我接過他遞給我的電話，另一端傳來統籌經紀人的聲音：

『恭喜。』

那一瞬間，我發出不成聲的狂吼，左手朝天空高舉。我向他道謝，掛上電話，結束當天的錄影後，趕緊準備隔天要穿的衣服。在那個連即將壞掉的黯淡日光燈都嫌刺眼的深夜裡，我的眼睛散發閃耀的光彩。

二十年前，對十四歲的我來說，電視機螢幕上的畫面也很刺眼。

距離跨年還不到兩小時，我留下客廳裡的父母，正想回自己的房間時——

「不一起看嗎？」

母親這麼說。

「我覺得好刺眼，眼睛好痛。」

我丟下這句話，打開房門把自己關進黑暗的房裡，背後傳來「那傢伙怎麼回事」的聲音。刺眼的不是電視的亮度，而是那個節目本身。

無論是在自己房間裡零零落落地撥弄剛學會的吉他還是看漫畫，十二月三十一日的空氣就是那麼冷，不管做什麼都冷。暖氣已經開到最強，但腳尖還是冰的。

當時沒有網路、沒有手機，我也沒有可以輕鬆一起玩耍的朋友。回到房間，等待我的只有「什麼都不是的自己」。除了和他對峙之外，我無法逃到任何地方。門外傳來歡樂的歌聲，即使是隔著牆壁傳進來的聲音，仍然刺眼得不得了，把我的「什麼都不是」襯托得更加明顯。

這種日子還是一個人獨處好，這樣才顯得自己頹廢又帥氣——即使像這樣把青春期的自戀情結發揮到極致，我還是覺得好寂寞，怎麼也忍受不了。三十分鐘後，我打開房門回到客廳，抽動嘴角嘲笑自己真是個窩囊的傢伙。

我坐在父母後方，和他們一起看電視。這個節目金碧輝煌，參與演出的人全都帶著自豪的表情閃閃發光，刺眼得不得了。我剛開始看時只覺得難受，卻漸漸在不知不覺中跟著節奏搖擺，還在評審講笑話時笑出來。

『那麼，祝大家有個好年！』

節目進行到尾聲，我盯著螢幕，內心祈求明年會是更好的一年。

抵達ＮＨＫ，走進建築物中，工作人員快速帶著我移動。走到準備室前，我看到平常在其他節目上關照我的熟識工作人員正在待命。大家都穿著正式服裝，令人感受到與平日不同的氣氛。我和所有人握手，強勁的力道訴說了我的心情。

「終於能在這裡見面了。」

也有人眼泛淚光地這麼說。我深切體認，自己終於來到一直夢想來到的地方。

所有人在記者會後台等待時，和我同樣初次出場、隸屬某團體的女孩來到我身邊。

「在加入這個團體之前，我就一直是您的歌迷了。」

她這麼說，不斷向我鞠躬致意。一和她握手，才發現她的雙手顫抖得厲害。「真的很謝謝妳」、「請多多指教」，我向她表達了謝意後，她又回到原本的地方。身邊的NHK製作人告訴我：

「她好像真的非常崇拜星野先生喔。」

我朝那個女孩望去，只見她一個人在舞台角落偷偷哭泣。怎麼會有這麼感人的事？我內心充滿謝意，趕緊跑去拿面紙盒，邊扭動身體跳舞邊咻咻抽出大量面紙遞給她，她終於破涕為笑。

擔任主持人的有働由美子主播對聚集而來的大批記者說明今天記者會的要點時，所有人悄悄走上舞台等待。掛在我們眼前的那片紅白布幕，將會在發表名單的瞬間落下。

「好緊張喔。」

「喉嚨已經乾啞了。」

幾個人竊竊私語，耳邊傳來有働小姐的聲音：

「那麼，在此發表第六十六屆《紅白歌合戰》初次登場的諸位歌手！」

隨著會場響起的音樂聲，眼前布幕落下的那一瞬間，台下是我從來沒看過的大量記者，一口氣按下快門的聲音大得教人難以置信，閃光燈此起彼落。

沒有比這更刺眼，也沒有比這更美好的事了。

「恭喜」

寺坂直毅

「你和他絕對合得來。」製作人山中先生這麼說。

二〇一一年，我第一次擁有自己的廣播節目，是個叫做《RADIPEDIA》從深夜十二點開始播放的兩小時帶狀節目。

「那個叫寺坂直毅的企劃。」

雖是同一個節目的企劃，可是聽說輪到我主持的星期三時，他得前往另一個電視節目的工作現場，所以不能來。

「真希望哪天能和他一起工作。」

在搞不清楚發生什麼事的狀況下，說了這句話的幾個月後，一個頭髮亂七八糟、戴著黑框眼鏡、身穿格子襯衫的微胖男子來到我面前。

「我是寺坂。」

原來那天電視節目臨時決定不錄，所以他才會來廣播電台。他看來汗流浹背，說話時不太看人眼睛。山中先生這麼介紹他：

「這傢伙有點怪喔，是個熱愛《紅白歌合戰》的人。」

他邊擦汗，邊一臉抱歉地把手舉到面前左右揮動。

「我也喜歡《紅白》。」

聽我笑著這麼說，山中先生又說：

「不不不，他可是記得所有《紅白》歌手出場前的介紹詞喔。」

在歌唱節目中，歌手出場前的介紹詞指的是即將開口唱歌或下前奏時，以旁白的方式介紹歌手或說明歌曲，如此一來，即使是第一次聽到這首歌的觀眾，也會對歌曲更感興趣。

「真的假的？」

我半信半疑，點了一首自己非常喜歡的歌。

「那你說說看，森進一先生第一次上《紅白》唱〈襟裳岬〉的介紹詞是什麼？」

只見他一掃剛才緊張害羞的態度，換上莫名英姿煥發的表情緩緩開口，連講話的聲音都不一樣。

「讓我們歡迎日前甫獲得日本歌謠大獎的森進一先生。就在剛才，他也奪下日本唱片大獎。現在就請森先生為我們獻唱一曲。」

我驚訝得目瞪口呆，他看著我的眼睛說：「接下來是前奏。」

瞬間，〈襟裳岬〉的前奏在我腦中響起。

「想起遙遠而哀傷的青春歲月，不知何時才能回到那片記憶中的大海，將一九七四年的漂泊記憶寄予這一曲。請聽白組帶來的〈襟裳岬〉。」

喔喔！我忍不住拍手叫好。接著，他笑咪咪地對我說：

「這是我最喜歡的介紹詞。」

這天，廣播節目順利結束後的錄音包廂內，坐在我對面的他拿下耳機，語帶興奮地說：「我從來沒錄過這麼開心的節目，星野先生，你一定是真的很喜歡廣播。」

「很喜歡啊，廣播拯救了青春期的我。」

「啊，我也是！」

我和他的交情就從這裡開始。

過不久，我主持的節目從星期三改成星期一，由他擔任企劃的次數也漸漸增加；後來又得知原來彼此年齡一樣大，我們立刻變成好朋友。慢慢地，我也知道他喜歡的是像黑柳徹子小姐或由紀紗織小姐那種類型的女性。

他還是個處男，這件事雖然經常被身邊的人拿來取笑，我卻從來不曾看過他因此鬧彆扭或自卑的樣子，看似也很少因為這件事惱羞成怒。他只是追求自己喜歡的東西，坦然地付出熱愛，這一點深深吸引我。除了《紅白歌合戰》之外，他也喜歡百貨公司和電梯。他能說出全日本各地百貨公司裡的電梯分別來自哪些製造商。

「我的夢想是當電梯小弟。」

結束廣播節目回家時，他一定會負責幫大家操作電梯。

忘了自己從什麼時候開始叫他「小寺」，在廣播節目上，無論大小事都要他先來上一段介紹詞，自己的演唱會也每次都請他擔任安可曲前的旁白。

廣播節目的廣告時間，我們在錄音包廂裡聊了各種各樣的事。

「星野先生，請你一定要上《紅白》。」

即使覺得那是不可能發生的事，我還是開玩笑地回答：

「有朝一日我絕對會上《紅白》，到時候介紹詞就麻煩小寺幫我寫囉。」

「不，我不行啦！」

說著，兩人哈哈大笑。

幾年後，他偶爾會以「對《紅白歌合戰》瞭若指掌的企劃」身分參加年底ＮＨＫ介紹資訊的節目。因為他對《紅白》的了解實在太透徹，深獲製作單位喜愛，最後成為ＮＨＫ歌謠節目的企劃。

我的廣播節目停播後，兩人依然以朋友的身分保持聯絡。我病倒及重新復出時，第一個打電話通知的人就是他。當然，確定能夠登上《紅白歌合戰》時，第一個聯絡的人也是他。

『……真的嗎！』

他聲音哽咽，高興程度不下我的父母。

第一次的《紅白歌合戰》在兵荒馬亂中結束，一切就像一場轉眼消逝的夢。謝幕之後，走下舞台側翼時，穿著西裝的小寺等著我。

「辛苦了。」

他哭著說道，我們用力握手。我想起第一次見面那天的事。

第六十六屆《紅白歌合戰》，為第一次出場的星野源撰寫出場部分腳本的人，正是寺坂直毅。

寺坂直毅

柴犬

旁邊有隻柴犬。

過中午才起床的週六下午三點，為了吃遲來的午餐，我來到附近咖啡店。店內有四張兩人桌、六張四人桌，空間算是相當寬敞。即使如此，因為客人很多的緣故，只剩下吧檯有空位。

我只得在吧檯邊坐下，點了沙拉和義大利肉醬麵。等待料理上桌時，我用電子郵件和經紀人談完工作上的事，正在智慧型手機上確認今天的新聞等各種資訊時，沙拉端上桌了。

那是一份加了葡萄柚和蕪菁的爽口沙拉，花了十分鐘左右吃完沙拉後，有著大顆肉丸的義大利麵也送上來。店內客人雖多，上菜的速度倒是很快。由於等一下我得立刻出發錄廣播節目，對這樣的上菜速度真是十分感激。

正要把肉丸送進嘴裡時，一團圓滾滾的米色生物忽然侵入左腋下方的視野。是一隻柴犬。

我急忙摀住嘴巴，注意自己有沒有不小心笑出來，再假裝平靜地點了熱咖啡。

每天在智慧型手機裡欣賞的那傢伙。

只要電視上有那傢伙的特別節目，一定會錄起來。

夜裡總夢想著如果有一天能和那傢伙一起生活該有多開心。

我非常喜歡柴犬。

可是，一個人住又幾乎很少在家的我，既不能收養誰家的柴犬，也不能買一隻來養。應該說，我根本不能養寵物。把怕寂寞的狗獨自丟在家裡，自己出門工作，這種事我做不出來。如果一時衝動展開與柴犬的同居生活，我一定會取消所有必須出門的工作行程，排滿所有在家就能完成的工作。那代表我將搬進一旦入住就無法再回來的動物失樂園。

我偷瞄隔壁一眼。

飼主是個清瘦的中年男人，柴犬乖乖蹲坐在飼主的椅子邊，抬頭看著飼主。牠的身體很小，可愛得我差點噴出咖啡。太可愛了！

從我這邊只能看見牠的後腦到背部還有屁股，不過這樣就夠了。萬一牠朝這邊轉過頭來，我一定會想摸。可是，突然伸手去摸陌生的對象，那叫做色狼。

如果問我喜歡柴犬的哪裡，我也說不上來。該說是表情還是整體造型才好呢？或者說是掩藏不住的日本味？

我隱約記得自己懂事前和狗玩耍的畫面，但沒有實際養過狗的印象。祖父開的蔬果店裡養了三隻貓，半開玩笑地分別為牠們取名為阿金、阿銀和珍珠。不過，這三隻貓都不是養在自己家裡，最後的結局也都很悲慘，是我不太願意想起的回憶。

二十歲時，第一次交往的女生家裡有貓，我很疼愛那隻貓，和牠在一起時卻總是不停打噴嚏，後來才知道自己對貓過敏。從此，我的身心就逐漸遠離貓了。

什麼時候愛上柴犬的呢？

小時候，看見班上同學養在庭院狗屋裡的柴犬時，內心不禁湧現同情。冬天裡，牠看起來好冷，脖子上永遠套著項圈，只要有人來訪就拚命吠個不停。看到那樣的牠，令人心裡好難受。

走在路上常遇見各種不同種類的狗，我對太小的狗沒什麼特殊反應，不過，偶爾遇到人牽著那種站起來肯定比人還高、毛又多又蓬鬆的大型犬出來遛狗時，我會露出菩薩般慈祥到不能再慈祥的微笑。

我已忘了從什麼時候開始宣稱自己喜歡柴犬，大概是在網路上看到養在室內、舒服躺在暖氣前的柴犬影片之後吧。總而言之，並非養在庭院狗屋裡整天汪汪吠叫，而是舒舒服服養在室內的柴犬，帶給我療癒的感覺。

「麵來囉，太好了。」

身邊的柴犬搖起尾巴，一盤義大利肉醬麵端到飼主面前。既然對柴犬說「太好了」，大概是要一起吃吧。

飼主用手捻起一根麵條，垂下手臂。於是，柴犬伸長前腿、拉長身體，津津有味地吃了放入口中的義大利麵。

嗚……

好想拍照。

可是，不經同意拍下陌生人的照片，那叫做偷拍。

我只能在心裡不斷拍打吧檯桌面，一轉眼，飼主已經吃完麵，從位子上站起來。

啊，他們要走了。這麼一想，我忍不住朝柴犬望去，想把牠的身影烙印在眼底。結果，柴犬的身體雖然背對這邊，頭卻往右轉，與我四目相交。

心中奏起音樂。實際上大概只有兩秒左右的時間，我卻感覺像是整整三十分鐘。我差點被那雙又黑又圓的眼珠吸進去。這就是墜入情網的瞬間。

我心頭一驚，回過神時，飼主已經結完帳，和柴犬一起走出店外，留下沒喝完的咖啡，還有比剛才容光煥發的我。

きゅるん
ズキューン!!

潛龍諜影之夜

全國巡迴演唱會正進行得如火如荼，不過，剛好得了一些空閒時間，我決定打個睽違已久的電動。

我喜歡在家裡連接電視螢幕玩 Xbox、WiiU 或ＰＳ４等家用遊戲機。偶爾遇到非常喜歡的作品，一旦開始玩之後，無論外出時或工作中，滿腦子都是遊戲的事，一心期待趕緊回家。

玩過所有過去系列作品，期待了好幾年終於推出最新作的「METAL GEAR SOLID V: THE PHANTOM PAIN」（「潛龍諜影Ｖ：幻痛」，以下簡稱ＴＰＰ），我在去年九月發售當天就買了。

貫穿全系列作品的壯闊情節，即將在本作劃下句點。為了避免被劇透，我在作品發售前盡可能不接觸任何相關情報。

然而，我在二〇一五年忙得昏天暗地，一直沒有時間把遊戲拆開來玩；過完新年之後，又開始舉行巡迴演唱會。現在，總算連同追加公演在內，只剩下五場演出，忙碌的狀況漸趨穩定。

懷著滿心的期待，我終於打開沉睡了五個月的遊戲。

如果要用一句話說明TPP的遊戲特性，那就是「捉迷藏」。遊戲舞台主要是戰場，主角必須一邊躲開敵方士兵的注意，一邊潛入敵方陣地或要塞，深入敵營後方奪取機密文件，或是暗殺敵軍、救出遭對方捕捉的研究者及俘虜。

當然，玩家也可以選擇不躲不藏，以殺死全數敵軍的方式前進。善惡的判斷標準和攻略方法的選擇權，完全掌握在玩家手中。

本次新作設定了超廣大的開放世界，其中有幾處敵方基地，玩家可自由選擇攻略方法與侵入路線，變化堪稱無限。此外，這次還加上運用氣球搬運人員及武器的「氣球回收」系統，除了可將已捉住的敵方士兵運回我方基地招降之外，還可以用這個方法回收奪來的武器及資源。

我喜歡採取躲藏前進的方式。攻擊一處敵方基地時，首先，我會在不被敵方士兵察覺的情形下，慢慢花時間接近營地角落，從背後勒住對方，再用小刀脅迫對方移動到不被其他敵兵發現的場所，在那裡逼供出資源道具、俘虜與機密文件等目標物所在地，再要他供出其他士兵在哪裡，最後將對方打昏，使用氣球回收。

若是隨便開槍，射擊時的聲響可能被敵兵發現，敵營全體將一口氣進入戒備模式，巡邏的士兵數量也會增加，所以我不太用槍。我喜歡用裝上消音器的麻醉槍令士兵昏迷的傳統攻略方式。

就這樣靜悄悄地、花時間慢慢回收敵方基地裡的每一個士兵。敵兵人數不多時也可以直接破壞通訊器材，此時產生的噪音雖然會使敵軍提高警戒，但他們無法再向外請求支援。只見畫面上的士兵們大喊「發生異常事態！緊急要求支援！」卻得不到任何回應，一陣手忙腳亂。

我就這麼一一摸近陷入恐慌的敵兵身邊，舉槍頂住背部要脅逼供，等他們招供後立刻打昏、回收。站在敵軍的立場，面臨士兵一個接一個莫名其妙消失的狀況，簡直像身處恐怖電影；但站在潛伏者的立場，我則是愉悅到了極點。

就這樣，終於只剩下最後一個士兵。

我製造出誰也不會前來救援的狀況，邊發出巨大噪音，邊故意朝那傢伙附近開槍射擊，或是引爆設置於牆壁或地面、可遙控引爆的塑膠炸藥「C－4」嚇唬他，有時也以火箭筒攻擊士兵身旁的建築物為樂。

「嗚哇！」士兵慌張地朝完全錯誤的方向反擊，不管怎麼用無線電呼叫求援也沒有人會來救他。驚慌失措地四處竄逃的士兵既可憐又可愛，我泡一杯熱咖啡，邊喝邊微笑欣賞，真是非常沒品的玩法。

等到看膩了，我才慢慢靠近士兵身後，打昏、回收。這時敵方基地已完全沒有士兵，畫面上出現小小的「鎮壓」文字。在不殺死任何一名敵軍的狀況下，將所有人回收至我方陣營，這時候的快感真是言語難以形容。

當然，更快更有效率的方法要多少有多少，但我還是喜歡這種屏氣凝神、不被察覺地慢慢花時間行動的遊戲方式，和小時候第一次玩捉迷藏時心跳加速的樂趣有異曲同工之妙。我非常喜歡用這種方式度過的時光。

遊戲玩到一個段落，我放下手把，伸個懶腰，深吸一口憋了好久的氣。

看看時鐘，七點。奇怪，難道鐘壞了嗎？開始玩之前也看過時鐘，那時大概是晚上七點左右。拉開窗簾，外頭陽光刺眼，窗外是一望無際的晴空。不知不覺間，已經過了整整十二個小時。

身體僵硬疼痛。

喉嚨乾渴。

眼皮異常沉重。

以後，還是不要在巡迴演唱會結束前打電動好了。

ワン!
源
あばばば

YELLOW VOYAGE

因為什麼而感到痛苦難熬時，我會在腦中想像一切結束的「那一刻之後」。

舉例來說，我確定主演一部電影，拍攝工作將在開拍兩個月後結束，距離殺青還很久，所有壓力集中在我身上，彷彿將被壓垮而喘不過氣。這種時候，我會試著想像工作順利結束的「那一刻之後」，一個人鬆了一口氣的樣子。想像自己投出一顆棒球，這顆具有適度重量、名為「當下」的球會遠遠飛過這段痛苦難熬的漫長期間，飛到一切結束之後的我身邊。

這麼一來，我也跟著瞬間移動到那裡。

恍然驚醒時，一看手錶，兩個月已經過了，順利結束一切拍攝工作，內心充滿伴隨著充實成就感的快樂回憶。感覺就像自己穿越了時光，來到兩個月後。

從以前我就會像這樣，在痛苦難熬的當下，想像一切結束時的終點。當然，我不可能真的穿越時空瞬間移動，抵達終點前的這段時間也不能夠快轉，這段期間的記憶更不可能消失。

「痛苦難熬時，鉅細靡遺地想像一切結束後的自己」這個行為本身，就像是熱身運動，用來提醒自己一個非常單純的道理：「凡事總有結束的一天。」

逼近的截稿日、該做的功課、突然襲擊的病魔、天災人禍……即使理智再怎麼明白，但是，當面臨的狀況越痛苦、越難熬時，越難當機立斷地告訴自己：「好，積極努力向前吧！」

然而，只要打從心底明白事物總有結束的一天，便不會把時間花在整天想著「萬一不順利怎麼辦」、「萬一失敗怎麼辦」，也沒有時間緊張或自我激勵。正因知道一切終將結束，自然能夠坦然專注於眼前的事物。

注意力一集中，時間感覺起來就變快了。不像一心抗拒時，時間感覺起來反而漫長。於是，就在不知不覺中克服困難，彷彿穿越時空瞬間移動一般，回過神來才發現，最痛苦難熬的時期早已結束。

二〇一六年三月初，除了在日本武道館和大阪城音樂廳舉行的追加公演外，全國巡迴演唱會「YELLOW VOYAGE」只剩下最後即將在廣島舉行的公演。

搭上新幹線，前往廣島的四小時車程中，我喝著咖啡忽然想起一件事。這次竟然沒有瞬間移動，也不曾想像工作結束之後自己的模樣。為什麼會這樣呢？並未思考太久，我就找到答案。

因為不痛苦。

我以前很不擅長開演唱會，也討厭巡迴演出，總是希望巡迴演唱會早點結束。在觀眾面前正式表演時雖然很愉快，但在那之前的準備過程非常辛苦。巡迴中，持久力不足的我總是苦於照顧聲音與喉嚨，在演唱會結束前，好長一段時間都處於忐忑不安之中。前往各地巡迴時也不去觀光，因為擔心感冒或身體出狀況，連一步都不踏出戶外。

反觀這次又是如何呢？經紀公司的大家顧慮我的身體狀況，在公演與公演之間留下足夠的間隔，避免連續開唱，空下的間隔時間也盡量不安排其他工作。無論是移動至各地的交通方式或彩排，一切以不對我造成負擔為優先。關於調養身體與照顧喉嚨的問題，我也透過學習找出最有效的方法，盡可能做出最好的因應與調整。

我也感覺得到，包括自己在內，幾乎所有第一線的工作人員都目標一致，不斷用心鑽研，只為打造出最好的演出，我也得以在這樣的環境下安心工作。每一場公演下來，樂手們演奏的精準度必定有所提升，彼此間的連結也更穩固、強大。最重要的是，這次巡迴中的觀眾們真是太出色了。

無論是數萬人規模的競技場等級公演，或是幾千人規模的音樂廳等級公演，每一位觀眾都隨心所欲地舞動自己的身體。觀眾席上沒有整齊劃一的動作，看起來雜亂無章。

這種事很少見。

很遺憾地我必須說，在日本，無論任何音樂人的任何演唱會，至今還沒有看過所有觀眾各跳各的模樣。一般來說，都是在表演者的煽動下舉起手左右搖擺，或是一起指向舞台等等，觀眾的動作經常是彼此配合、整齊劃一的。

當然，這和日本人一跟周遭表現不同便會心感不安的民族性有關，說來也是一件無可奈何的事。可是小時候在家欣賞外國演唱會或音樂祭等影像作品時，除了表演者的演出外，看到觀眾席上明明有那麼多人，大家卻各自用自己喜好的方式沉浸於音樂中，那副模樣最是令我興奮不已。過去，我一直希望有朝一日，從自己的舞台看下去時也能看見這樣的情景。在「讓我看見那樣的情景吧！」的祈禱中，我製作了《YELLOW DANCER》這張專輯；又在接下來的每一場巡迴演唱會中，真的親眼目睹這樣的情景，實在是太幸福了。我每一次都高興得差點哭出來。

我喜歡音樂，喜歡有樂聲響起的地方，同時，最喜歡看到那個地方的每個人都用自己的方式享受音樂的樂趣。

享受音樂真的很快樂。

我正這麼想的時候，新幹線已經抵達廣島。四小時的移動時間一眨眼就過了，彷彿瞬間移動。

さむっ!!
春？

Kosakin與深夜廣播

『去錄影帶出租店租色情錄影帶的時候，不是會有人在上面疊一部普通電影再拿去結帳嗎？』

『嗯（笑）。』

『我絕對不這麼做！因為人家就是想看色情錄影帶嘛！這有什麼好丟臉的？我可是打從心底想看色情錄影帶喔。』

『啊哈哈！那萬一店員是女生怎麼辦？』

『那更要讓她看見啊！』

『你是白痴嗎！那是性騷擾（笑）！』

這是關根勤先生和小堺一機先生的對話。

從家裡到高中，搭電車轉公車得花上兩小時。這段期間，我一直插著耳機聽卡式隨身聽。錄音帶播放的是那個時候自己喜歡的音樂，還有，每週一次用錄音帶錄下來的AM深夜廣播。

在通學路上擁擠的通勤人潮中，只要聽著錄下來的這個廣播節目，擠得宛如地獄的JR埼京線電車也不覺得那麼痛苦了，有時甚至想這樣一直聽下去。

我每天聽的這個廣播節目，是小堺一機先生和關根勤先生組成的雙人搭檔「Kosakin」所主持的《Kosakin De Wow!》。

小堺先生負責流暢地推動節目進行，同時做哏與吐嘈，關根先生則負責誇張地裝瘋賣傻，時而卻又吐露正經的發言。他說的話往往有點偏離一般社會常識，乍聽之下似乎是為了譁眾取寵，然而仔細一聽，就能從中窺見他正直善良的真心。

小堺先生從不推翻關根先生說的話，但他會用搞笑的吐嘈方式幫助聽眾理解關根先生的真意。這麼一來，聽眾既能接收到真摯的話語，又能在搞笑中獲得歡樂。我每次都會邊聽邊想：「真希望哪天自己也能像關根先生那樣說出真心話。」

這兩位最佳拍檔的默契絕佳，將我每天無聊又無奈的通學時間轉變為一路強忍笑意的愉快時光。

在學校裡，班上並沒有能與我分享廣播話題的朋友，父母又不聽廣播，在家當然也不會提起。

「上次的脫口秀超有趣的啦。」

「那個單元的聽眾投稿內容太讚了！」

這些話我從來沒有對誰說過。

當時的通訊器材以呼叫器為主流，行動電話才剛出現，還沒有電子郵件，網際網路尚未普及，當然也沒有 Twitter 和部落格。如果粉絲之間想要交流，只能趁廣播節目公開收錄或舉辦活動時前往參加，和在那裡認識的人成為朋友，交換地址通信。所以到最後，整個高中三年我都只能獨自享受廣播的樂趣。

我總覺得，自己的容身之處就在廣播裡。Kosakin 的兩位不以損人的方式搞笑，他們損的一定是自己，從來不踩別人痛處也不抓人小辮子，只是以盡情貶低自己的方式博取聽眾笑聲。

就算拿名人或大牌演員當笑料，也因為內容實在太蠢，蠢到聽的人絕對不會信以為真的程度，以「說這種話的我們真是笨蛋」的方式搞笑。

我非常喜歡這一點。從來不曾從他們兩位的口中聽到勝負、輸贏、競爭、排名等話題。

現實世界充滿競爭。

考試成績、賽跑的名次、長相的好壞、交過的女朋友人數、脫離處男的年紀……考試分數高的人是贏家，跑得快的人是贏家、長得帥的人是贏家、交往對象越多的人越厲害、越早脫離處男的人越厲害，除此之外的人都是輸家。

世間當然需要競爭。無法用分數表示答題正確性的考試令人不舒服，賽跑時所有人都拿第一名也很奇怪。可是，我一直希望世界上也有不需要競爭的地方。

Kosakin 從來不曾在節目中說過「要爭取收聽率」之類的話。收聽率類似電視節目的收視率，在我的印象中，他們兩位一點也不在意這件事。一個持續超過二十五年的節目，當然有它受歡迎的道理，即使如此，從中依然感受不到一絲一毫「想和其他節目競爭」的意識。

我從他們兩位身上學習到許多事。

不嘲笑別人，寧可自己當笨蛋，競爭是一件無聊的事——正如本文開頭提到關根先生說的那番話，做個不耍帥也不遮掩的人，對自己誠實，正直而坦率。

他們兩位當然沒有說過這些話，只是我擅自從他們為人處事的態度中學到了這些而已。或許現在還無法馬上實現，但總有一天，自己也想成為和他們一樣的人。

二十年後，我擁有一個自己主持的AM電台深夜廣播節目。《星野源的 All Night NIPPON》。在麥克風另一頭的是不上 Twitter 發文，也不和誰分享感想，就只是在那裡聽著，和當年的我一樣的你。

ガタン
ゴトンガタンゴトン

細野晴臣

髮長及肩、黑白色調的細野晴臣先生，從CD封面直盯著我。

一九九七年，高中二年級的我初次接觸的，是細野先生的第一張個人專輯《HOSONO HOUSE》。

十六歲時，我參加了松尾 SUZUKI 先生的戲劇工作坊，在那裡認識的前輩介紹我這張發行於我出生八年前的專輯。第一眼看到封面上的長髮細野先生，以及CD裡帶點陰鬱的音樂，都讓我留下恐怖的印象。

細野先生組過「HAPPY END」、「Yellow Magic Orchestra」（以下簡稱YMO）等樂團，我高中時並不認識「HAPPY END」，只知道「YMO」。不過，小學運動會上經常播放他們的〈RYDEEN〉，導致討厭賽跑的我連對「YMO」也敬而遠之。在對上述兩個樂團所知不多的狀態下，直接從《HOSONO HOUSE》進入細野晴臣的世界，簡直可說是個奇蹟，使我內心充滿對那位前輩的感謝。

以細野晴臣名義發行的音樂作品，只有在「HAPPY END」解散後、「YMO」組成前這段期間內發行的五張原創專輯。

其中的第一張就是《HOSONO HOUSE》，收錄的歌曲如〈結束的季節〉、〈戀愛是桃粉色〉等，一如不按牌理出牌的細野先生本人，歌詞裡有著溫柔獨特的詞彙，在那段看不到未來的黑暗青春時代裡，成為溫柔支撐我的力量。

第一次聽專輯時感受到的陰鬱，並不是因為這張專輯的音樂很灰暗，只是因當時的我音樂視野狹隘，還無法辨識那些隨音色流瀉的色彩，等到反覆聆聽幾百次後，我開始在簡單的樂團演奏中感覺出種種顏色與氣味。拜這張專輯所賜，我對聲音的感受力拓展了好幾倍。

成為細野先生歌迷的我，用攢下的零用錢買了更多他的專輯。陸續聽了第二張個人專輯《Tropical Dandy》、第三張個人專輯《泰安洋行》、第四張個人專輯《Haraiso》之後，我驚訝得不得了。在那裡的是不知該怎麼形容才好的音樂。後來我才知道，這三張專輯就是鼎鼎大名的「Tropical 三部曲」。

藍調、卡里普索小調、異國風、日本民謠、沖繩民謠、中國音樂、森巴、搖滾、靈魂樂、流行樂……混雜了來自世界各地的音樂，卻不只是單純模仿，細野先生完成了只有他做得出來的日本流行樂。

一再反覆聆聽這三張專輯的某天，我在雜誌裡看見一九七六年細野先生於橫濱中華街餐廳「同發新館」，舉行的那場蔚為「傳說」的演唱會照片。

照片裡，細野先生身穿白色西裝、戴眼鏡、蓄著詭異的小鬍子敲木琴（馬林巴）。我再次細讀歌詞本的版權頁，發現專輯收錄時，細野先生也親自演奏了木琴。從前木琴給我的印象，只是學校音樂室裡滿布塵埃的樂器，這下子完全改觀。

好帥！我也想演奏馬林巴！

又過了九年，二十五歲的時候，我搬到可彈奏樂器的公寓，並用從事演員工作存的錢買了一架馬林巴。放了床、電視、工作桌和馬林巴之後，狹小的房間裡完全沒有多餘的空間，連走道都沒有。雖然從此得以練習演奏，但我也過起經常在書桌和馬林巴底下鑽來鑽去的生活，宛如一隻在流冰隙縫間穿梭的海獅，吃飯的時候則把料理放在馬林巴上面。

兩年後，我有幸在《TV Bros.》雜誌上開闢與細野先生對談的專欄「地平線的商量」。首次對談那一天，我換上白色西裝、戴上眼鏡、唇上畫了兩道小鬍子，打扮成中華街演唱會上的細野先生。他一看到我就咧嘴笑說：

「不錯耶。」

原本我還擔心這擺明是粉絲的行動，說不定會讓他感到狐疑。不過，細野先生不愧是被全世界稱為音樂之神的人，待我非常親切又溫柔。

此後，我們在工作和私生活都有交流，三年後，他建議我何不以歌手的身分發行專輯。當時製作的就是星野源的第一張專輯《笨蛋之歌》，藉由這個機會，我正式開始唱歌。

六年後，二〇一六年五月八日。我聽聞細野先生將在與四十年前那場蔚為傳說的中華街演唱會相同日期、相同地點之處舉行演唱會，正心想非去欣賞不可時，便收到來自細野先生的邀約：

「馬林巴就拜託你囉。」

當天，我當然穿上那身白西裝、戴著眼鏡演奏了馬林巴。細野先生說：「今天不畫鬍子嗎？畫一下嘛。」於是我們在休息室裡一起畫了小鬍子。

十六歲時夢中出現的景色，如今實際於眼前發生。在帶領我走到這一步的音樂之父邀請下，我去到那個改變人生的場所，一起演奏音樂。

觀眾們不斷鼓掌，我好像看見二十年前的自己也在其中。幾乎掩蓋一切聲音的鼓掌聲中，細野先生筆直地凝視我說：

「未來就交給你了，接替我好好努力喔。」

細野晴臣

某個晚上的作曲

我在作曲。

工作桌上放著錄音機、節拍器和筆記型電腦，我坐在椅子上，已經抱著吉他連續唱了好幾個小時的歌。

創作音樂的時候，時間總是一眨眼就過了。錄音也好，作詞作曲也好，一旦進入某個「領域」，既不會覺得肚子餓，時間觀念也完全消失，整個人心無旁騖。這個瞬間，滿腦子只思考音樂的「真空狀態」降臨。

我曾經只花五分鐘寫完一整首歌，也曾光寫第一段旋律就花上兩個月。兩種情況各有各的優點，沒有哪一種一定比較好。很快完成的歌曲多半直率順耳，具備自然開展的旋律，給人一聽就留下印象的特點。花時間慢慢寫出來的歌曲則具備經過精心安排的鋪陳與複雜度，完成百聽不厭樂曲的可能性比較高。

反覆播放心無旁騖狀態下錄的歌，不斷聽到再次進入心無旁騖的狀態後，找出可以進一步改良的地方，再次錄下改良後的歌曲——我一而再、再而三地重複這樣的過程。

感到透不過氣時，為了讓自己體內的空氣流通，我會走去廚房泡咖啡，直接站在那裡端起杯子，一點一滴攝取咖啡因。漸漸地，那個「領域」的感覺淡去，我又回到現實世界。

肚子發出叫聲。

我餓了。

傍晚六點左右開始作曲，回過神時外面已是一片漆黑。時間是深夜三點，一轉眼就過了九小時。

這時間還開著的店不多。

我披上深藍色擋風外套，走出公寓。

深夜的街道是個有趣的地方。人很少，街角偶爾擦身而過的人，在陰暗的角落裡看起來很可疑。我最喜歡那種「為什麼這個時間會出現在這種地方」的感覺。那些悄沒聲息的商店賣的是什麼東西？巷弄裡的住宅又住著什麼樣的人？我很喜歡邊走邊想像這些事情。

聽著音樂或廣播，乘著節奏刻意繞遠路，最後抵達的是二十四小時營業的立食蕎麥麵店。

顧慮到《真田丸》的拍攝工作，不能把自己吃得太胖，絕對嚴禁深夜攝取高卡路里和多油脂的食物，所以我很喜歡來這間離家不遠的蕎麥麵店，至少能減輕一點罪惡感。

我走進店內，把千圓紙鈔送進餐券機，點了溫山藥泥蕎麥麵，還追加配料的海帶芽與蛋。按下「大碗」的按鈕時，卡路里的事早已拋到腦後，只剩下滿心期待。

朝廚房遞出餐券，裡面不是平常看到的店員，而是一位白髮大叔。

平時那位大哥店員上菜時，總會用另外一個容器裝海帶芽，今天的大叔則直接把海帶芽放在麵上。反正馬上就要吃了，吃的時候還不是要把另一個容器裡的東西倒進碗裡，因此我每次都懷抱著害人家多洗一樣餐具的罪惡感。不過，今天這樣就不必擔心了，這份貼心讓人很開心。

雖然是立食蕎麥麵店，但店裡還是設有簡單的椅子，我坐上椅子開始吃。

筷子攪開生蛋黃，和海帶芽及蕎麥麵一起扒入口中。好吃。鰹魚高湯、醬油的鹹味與蔥的香氣，簡單樸素的滋味溫和撫慰了因咖啡和創作而疲累的胃。

我專注地扒了好幾口蕎麥麵，這才放下筷子喘口氣，忽然發現店裡播放的音樂和平常不一樣。
是The Dinning Sisters的〈The Way You Look Tonight〉。
這是一九三六年上映，佛雷・亞斯坦（Fred Astaire）主演的電影《歡樂時光（Swing Time）》的主題曲，亞斯坦也在電影裡唱了這首歌。此時店內播放的則是活躍於一九四〇年代的三人合唱團體「The Dinning Sisters」翻唱的版本。
這首以爵士樂為基調的美式流行歌有優美的旋律，是一首慢板情歌。「無論發生什麼事，只要想起你就滿心幸福。」溫柔浪漫的歌詞將聽者擁抱入懷。
立食蕎麥麵店裡，放的是這樣的歌曲。
由於這間店平常多半反覆播放演歌，現在聽到這首歌想必並非碰巧，顯然是有人特意選擇的曲子。
一定是那位白髮大叔的喜好吧。
抬起頭，牆上貼著幾張海報，是與這間連鎖蕎麥麵店淵源頗深的演歌歌手一年前發行的CD及卡帶的宣傳物。眼前的桌上放著沒有蓋子的牙籤罐、辣椒粉，還有吃到一半的蕎麥麵。
自動門打開，附近蔬果店的大叔用推車送來大量長蔥。白髮大叔收下供貨單，把裝在紙箱裡的長蔥搬進廚房。

對白髮大叔來說，這個時間搬的蔥是今天早上的第一項工作，還是前一天深夜的最後一項工作呢？光看他的表情判斷不出來。

店裡繼續流瀉「The Dinning Sisters」的歌。日本與美國，在某人的興趣下交會，這一瞬間產生了最美好的異國情調，令我大呼痛快。

無論何時何地，人們的嗜好與那份喜愛之情，都會為世界染上繽紛的色彩。

吃完蕎麥麵走出店外時，朝陽正從國道旁的大樓縫隙間緩緩攀升。

そば処
そば処

大泉洋

「我啊……絕不允許像你這樣的傢伙走紅。所以，不管是戲劇也好音樂也好，我一定會盡全力妨礙你！」

第一次見面時，被他這麼說了。

大泉洋就是這樣一個男人。

《真田丸》已開始拍攝。我飾演德川幕府的二代將軍秀忠，大泉兄飾演侍奉德川家的真田信幸，前幾集一直有我們共同演出的場景。

電視劇的錄影大致按照「不過鏡彩排」、「過鏡彩排」和「正式開拍」的順序進行。「不過鏡彩排」是只有演員做演技上的彩排，導演會從旁指定演員的走位，或是提出關於演技方向性的建議。「過鏡彩排」則是開著攝影機彩排，包括演技在內，燈光、音響和鏡頭角度也在會這次彩排中調整，接下來才終於進入正式開拍。每次彩排中間大概會花十到十五分鐘的時間準備。

這段準備時間，大泉兄會一直在我耳朵旁邊說話。

「問你喔，那首歌叫什麼來著？二？四？」

「咦？」

「你不是有一首很紅的歌，歌名是叫做『四』嗎？」

「是SUN（註8）。」

「♪讓我搓揉～你的～胸部～」

「歌詞唱錯了啦，大哥。」

我平常都稱大泉兄為「大哥」。除了上述情況之外，他也會這麼說：

「我啊，跟TEAM NACS一起去九州的時候啊～」（註9）

「我啊，現在正在作曲呢。」

他就這樣一直在我耳邊說話，非常礙事。正式開拍前或轉換鏡頭時，他都會抓緊短

註8：音同日文的「三」。

註9：TEAM NACS為大泉洋所屬的劇團。

暫的空檔不停嘮叨。話雖如此，他年紀比我大，又是同間經紀公司的師兄，我總不能對他說「請你閉嘴」。就害我不能專心這點來說，他真是妨礙我不遺餘力。

某個錄影日，下戲後已是深夜時分，因為沒有好好吃頓晚餐的關係，我正想著上哪吃飯好，一時想不出來，便試著傳了手機郵件給隔壁休息室的美食家大哥。

『您知道哪裡還有營業至深夜的餐廳嗎？』

我馬上就收到他的回信。

『到攝影棚來。』

打開休息室門，我才打算過去時，大哥已一副迫不及待的樣子站在那裡。

他接著花了大概十分鐘的時間，一直用智慧型手機裡的應用程式幫我找餐廳。看到他不屈不撓的身影，我不由得心想：說不定這個人其實一點也不討厭我，反而還很喜歡我吧？拍戲的時候一直那樣令人百思不得其解地騷擾我，其實也不是要整我，只是想跟我說話吧？

這麼說來，以前我們一起去吃飯時，閒聊之際我突然叫他「福山先生」刻意做哏給他，他也馬上模仿福山雅治先生的語氣回應「我說阿源啊……」。同樣地，只要丟柳生博先生或渡邊篤史先生的哏給他，他也會不厭其煩地立刻接招回應，還笑嘻嘻地說：

「為什麼我非得接師弟丟來的哏不可啊（笑）！告訴你喔，這種事我可不是經常做的！」

上次我也曾為了「《真田丸》的拍片現場需不需要帶浴衣？」的問題傳電子郵件跟他商量。他熱心地回信告訴我：『其實我也沒穿浴衣，所以應該沒關係喔。』『如果需要的話，我幫你查看看哪裡買得到吧？』『我的第一線經紀人很熟悉這方面的事，阿源拍片那天讓他去幫你好了？』真是非常感謝他。

大哥一定很愛我。

在廣播節目裡提起這件事後，在《真田丸》拍攝現場遇到大哥時，他這麼說：

「我聽說了喔，你好像在廣播節目裡提到我是吧？」

「啊，我是提到了。」

「既然如此，為了討聽眾歡心，我得繼續欺負你才行呢。」

這句壞心眼的話，不知為何聽了很開心。

二〇一二年病倒時，我原本真的預計在那之後不久，有個和大哥合作的工作機會，但因為病情太嚴重，那個工作也取消了。出院後，我為了造成困擾一事向他致上賠罪的歉意，可是接下來大約兩年的時間裡，一直沒有機會和大哥見面。

再次好好見面，是在二〇一五年底的《紅白歌合戰》節目上。

我站在舞台上唱〈ＳＵＮ〉，大哥坐在評審委員席。

起初，大哥一臉擔心地看著我。隨著曲子進行，他的眼神就像看到兒子在運動會賽跑上跑出第一名的父親。當我順利唱完的瞬間，主持人井之原快彥先生說出「完全復活！」時，所有評審委員中，只有一個人猛地從椅子上站起來，眼神閃閃發光地用盡全力為我拍手。

我這輩子大概永遠都不會忘記那一幕。

慶功宴上，工作人員對我說：「大泉先生請您過去一下，好像有話對您說。」一看到我，大哥就這麼說：

「阿源唱的歌太棒了……歌名是叫『四』嗎？」

「是ＳＵＮ！」

大泉洋就是這樣一個男人。

大泉洋

只是遊戲

「精靈寶可夢GO」很有趣。

雖然只要不斷重複走動和停下來就能玩這款遊戲，但因為我忙到沒時間外出的關係，都趁著搭車移動時坐在後座玩。

儘管也有社群遊戲獨特的課金系統（註10），不過，截至二〇一六年八月的現階段為止，「精靈寶可夢GO」的遊戲設計仍沒有劇烈變化，即使課金也不代表能拿到寶可夢，更沒有順位排行等擅自與不認識的人比賽分數的麻煩機制，每個人都能按照自己的步調慢慢玩。

想到時，隨時隨地都能啟動應用程式捕捉出現在附近的寶可夢，要是能捉到沒捉過的新種類最是開心。玩法就這麼簡單。以現狀來說，這幾乎就是這款遊戲所有的樂趣。

和其他遊戲明顯不同的地方是不必與人競爭，系統設計的目的是「促使人走出戶外」。若是一直待在同一個地方，遊戲將毫無變化；相對地，只要出去走走，輕而易舉能有所斬獲。

無論是看到在路上玩這款遊戲的一群人，或是看到誰一個人滑著手機傻笑，我都會忍不住高興起來。

「Ingress」是個同樣利用智慧型手機定位功能製作的手機遊戲，這款遊戲的美國開發商 Niantic 與精靈寶可夢企業及任天堂三方合作，攜手打造了「精靈寶可夢ＧＯ」。在日本，「Ingress」是個知道的人才知道的小眾遊戲，「精靈寶可夢ＧＯ」卻在世界各地引爆流行。

在網際網路為主流的時代，誕生了這款讓全世界走出戶外的遊戲，藉此帶動經濟發展，大幅增進人與人之間的交流，促進地區活力。事實上，拜這款遊戲之賜，紐約市創下史上最低犯罪率的紀錄。此外，也出現利用這款遊戲來振興鄉鎮的地區。

雖然不知道接下來會如何演變，但此刻「精靈寶可夢ＧＯ」顯然改變了世界。靠的不是戰爭也不是恐怖活動，只不過是捕捉不存在於現實的可愛寶可夢，在虛構遊戲的樂

註10：一種遊戲的營利模式，意指玩家在遊戲中花錢增加遊戲內資源的行為。

趣中改變世界。

或許有人會說，人們在戶外盯著智慧型手機螢幕的樣子太詭異了，尤其對孩子而言，在森林裡捕捉昆蟲才是身心健全的活動。這種意見我也不是不能理解，只是真要說的話，昆蟲也有昆蟲自己的一生，應該沒有哪隻昆蟲自願被人類捕捉吧？這麼一想，因為捕捉到虛擬世界裡的寶可夢而開心的人還比較健全。

任何生物都一樣，絕對不想被人擅自捕捉，關進狹小的籠子裡，在別人的觀察下度過一輩子。每次用寶貝球抓寶可夢時我都會這麼想：

——幸好這只是遊戲。

誕生於丹麥的新款電腦遊戲「INSIDE」也很有趣。

同一開發商於二〇一〇年發售的成名作「LIMBO」，是一款在全世界賣出三百萬以上銷量的暢銷遊戲。發售當時我就買了，玩得愛不釋手，還到處推薦朋友玩。「LIMBO」基本上是只能左右移動的橫向卷軸遊戲，不過3D的背景有一定程度的景深。此外，畫面上完全沒有台詞或說明文字，從頭到尾以黑白色調呈現，美麗又詭異的怪誕世界觀深深吸引了我。

身為主角的小男孩是個彷彿會出現在北歐繪本中的嬌小可愛角色，一旦遭敵人襲擊，身體會隨著寫實的「啪嘰」聲碎成無數碎片，遊戲也宣告結束。基本上玩家無法操縱角色進行攻擊，只能運用智慧闖過無數機關障礙，四處尋找下落不明的妹妹。

聽說「LIMBO」的意思是「天國與地獄之間」。在不屬於這個世界也不屬於那個世界的詭異場所徘徊，沉浸於這樣的遊戲世界觀是一件很痛快的事，也令人毛骨悚然。

最新作品「INSIDE」不只保有這份毛骨悚然，甚至更加擴大。色調從黑白轉變為彩色後，呈現出更加不可思議的詭譎淒美世界。「LIMBO」的背景是分不出現實或虛構的地方，相較之下，「INSIDE」則將背景設定為近未來的地球，遊戲中也會出現許多人類。正因為少了那份虛幻感，貼近現實的味道更提高遊玩時的緊張氣氛。

「INSIDE」同樣是橫向卷軸型的遊戲，也同樣必須運用智慧克服關卡。主角仍是小男孩，遭敵人襲擊時肢體會栩栩如生地受到損傷，死狀悽慘。

在某個地方被抓住的小男孩，拚著小命逃離之後，終於得知自己身處的是什麼樣的地方。隨著追兵的襲擊，遊戲逐步向前進展，主角小男孩面臨的狀況與玩家的現實逐漸產生連結。因為不能洩漏劇情，所以無法說明得太詳細，總之那種恍然驚覺「玩家和主角身處相同狀況」的感覺，正是這款遊戲系統最出色的地方。

和主角融為一體時，我內心浮現的是自由遭到剝奪的心情，以及「世上有哪個人自願被關在籠子裡」的憤怒。

迎向結局時，我一邊心想「絕對不想體驗這種事，太過分了！」一邊又不得不認同「這是最棒的遊戲體驗！」而激動不已，由此深切體認到人類的娛樂方式真是多樣又深奧。

幸好這只是遊戲。

酒

戀

第九張單曲〈戀〉發行了。我抱著「寫一首讓人聽了想跳舞的快樂情歌」的心情，製作了這張單曲。

二〇一〇年開始唱歌時，從沒想過自己竟能出到九張單曲。嚴格來說，或許不是沒想過，只是那就像中樂透一樣，是個「如果真能實現就太幸福」的虛渺願望。實際實現這個願望的現在，我真的如同自己所想的那樣，實在太幸福了。

有工作可做、過著忙碌的生活，這是一件非常幸福的事。不過，同時也會伴隨許多風險，所以最好擬定各種對策，不要喪失初衷，最好花點心思讓自己過得開心又普通。

其中我最想重視的，是感受季節這件事。

忙碌程度與季節的關係就像太陽和月亮，越忙越察覺不到季節；反過來說，空閒下來的時候才有閒情逸致感受季節，太閒的話還會覺得煩膩呢。

我一直希望日本這個地方特有的歷史氛圍與生活在現代實際感受到的時代氣氛，能夠同時交雜在自己創作的音樂中。因此，感受季節成為一件很重要的事，一旦忘記這件事，創作出來的樂曲就會像少了季節語的俳句般枯燥乏味。

二十五歲之前有閒沒錢，四季就像壓在肩膀上，無論春夏秋冬都是那麼貼近生活，帶來痛切的感受。雖然那種日子過久了也有點煩，但如今好不容易擺脫了，卻過起幾乎每天分不清冷熱寒暑、感受不到季節變化的生活。

十月起，我將參與電視連續劇《月薪嬌妻》。飾演女主角的是新垣結衣小姐，我則飾演她在劇中的對象。這部電視劇的主題曲就是〈戀〉。

從夏天開始，我同時進行包括三首C／W曲在內的錄音工作，另外還有《真田丸》和《LIFE！～獻給人生的短劇～》的錄影工作，又參加許多音樂祭的演出，在這樣的狀態下，感受不到季節變化也是理所當然的事。

八月底，單曲製作的工作進入收尾階段，正在寫〈戀〉的歌詞時，有天我心血來潮起身，趁中午公司的人來接我上工前，散步了三十分鐘。

為了抓住夏天僅剩的尾巴，街上滿是熙來攘往的人群。我踏上平常不會走的路，打算看一看陌生的景色。

穿過商業大樓的間隙，往街區後方走了一小段路，忽然發現聲音消失了。差不多才走了兩百公尺左右，便已完全聽不到街上的喧囂，信步來到的是一處老舊集合住宅社區。

儘管仍感覺得出一絲居民的氣息，但從眼前建築的狀態看來，這裡一定很快就要拆除，面臨重新改建的命運。

外牆剝落的住宅與住宅之間，種著看來久疏照顧的樹木，恣意叢生的雜草已經長得快比我的胸口還高。朝社區裡家家戶戶的窗戶望去，室內幾乎全暗，偶有幾戶勉強把棉被拿出來曬。

我聽見蟬聲。

蔚藍的天空，潔白的雲朵。

吹過的風帶來一陣涼意。

好一陣子不曾感受到的季節，忽然又感受得到了。

那種感覺在身體與心中反覆穿梭，就像在告訴我：「夏天快結束了喔。」

身體的肌肉和大腦的思考逐漸鬆弛，我邊看著路旁生鏽損壞、已不能再騎的破舊腳踏車和踩得不能再扁的空罐，邊步履蹣跚地向前走。

莫名飄來好香的味道。

大概有誰正在煮午餐。

我從以前就最喜歡聞這種不知從何處飄來的飯菜香，但連一次也聞不出那到底是什麼菜，又無從確認起，真是吊人胃口。

腋下挾著外套，身上穿著襯衫，左手提公事包，右手拿著手機正在聯絡工作事項的上班族。小社區公園內，一位女性打開自己做的便當，默默吃了起來。騎輕型機車的年輕人從一旁經過。不時擦身而過的人們有各自的生活，毋庸置疑，日本的四季就在這裡。

我豁然開朗，覺得神清氣爽。

身體沒有不適，心情也不焦慮，心內的窗敞開，空氣流通，四季來去自如。就是這麼心曠神怡的心情。眼前冷清寂寞，再怎麼恭維也稱不上漂亮的社區景色，看在我眼裡成為美得驚人的風景。

忽然好想牽起誰的手，想接吻，想擁抱，感受彼此肌膚的溫度。我想，戀情往往產生在這種時候。

看看手錶，出發工作的時間逼近了。我快步趕回去，路上湧現一股「一定已經沒問題」的感覺。

那天晚上，我寫出苦思許久的〈戀〉開頭部分的歌詞。

運轉的城市
在夕陽西下後繽紛絢爛
風兒們搬運著
烏鴉與群聚的人們
意義什麼的根本沒有
有的只是生活
肚子覺得餓了
就回到妳的身邊

3-4
3-5

新垣結衣這個人

「因為我是專業的單身漢。」

發出聲音說給自己聽，舉起的手自然在臉頰旁握起拳頭。

「專業的單身漢？」

不經意朝身邊一瞥，美栗小姐也擺出一樣的手勢。

導演一喊「卡」，身旁的美栗小姐變回新垣結衣。

過鏡彩排結束後，正式開拍時，我們兩人都做了這個原本劇本裡沒有的手勢。

這就是電視劇《月薪嬌妻》中，我們兩人一起拍攝的第一場戲。結衣飾演的森山美栗和我飾演的津崎平匡，決定簽下名為「結婚」的工作契約，正要搭公車去向美栗的父母報告結婚的事。

「每次我一說些什麼，人家就會反駁說，妳根本不是那麼想的吧，聽起來一點感情都沒有。」

「我不擅長運動，動作完全快不起來。」

結衣這麼形容自己，露出為難的笑容。可是，並不是每個人都能像她那樣，不但以驚人的速度配合對手演技做出反應，臨場發揮劇本上沒有的台詞時，也能在符合劇本情緒的範圍內做出自然的回應。這種絕技只有情感豐富纖細、經常敏感體察周遭心情的人才辦得到。

在拍攝空檔的等待時間，她只是很普通又安靜地坐在那裡。許多知名演員特有的「令周遭緊張的霸氣」或「令人情不自禁小心配合的氣質」，在她身上完全感受不到。雖然看起來文文靜靜，但現場發生有趣的事時，她會和大家一起笑，跟她說話也會毫無架子地回應。不過，她絕不會擅自闖入對方的領域，始終只是待在那裡，保持中立狀態。

她真的是一個普通的女孩。

拍攝工作每天每天進行，因為劇情設定我們是一對夫妻的緣故，兩人獨處的對手戲自然很多。儘管在一起的時間很長，不過，我每天至少會有一次讚嘆「這個人真的好棒」的時刻。

有一天，我扮演的角色戴的眼鏡鏡片沾上指紋。我不好直接用戲服擦拭，抬起頭正想尋找負責小道具的工作人員時，身旁的結衣已經對那位工作人員招手。

我驚訝地說「謝謝」，她只說了聲「不會」就低下頭。她真的隨時都在注意身邊人的需要。

配合片尾播放的主題曲〈戀〉，劇中五位主要角色需要跳舞，其中跳的部分最多也最辛苦的就是她。

那是原本為〈戀〉的音樂錄影帶編排的舞蹈，在音樂錄影帶中跳舞的是專業舞者「ELEVENPLAY」。現在直接把這套舞步搬到片尾表演，對非專業舞者的演員而言，一定不是一項輕鬆的任務。

然而，我們兩人第一次共同排練舞蹈那天，結衣已經記住所有舞步。

也沒聽她說「練習過了才來」之類的話，神色自若地來排練室跳了一次後，她便已全部記住。在那之前，提供給她的只有簡陋的舞步影片，影片裡連教學說明都沒有。因為是相當複雜的舞步，不用說也知道學會這套舞有多麼吃力。

正視眼前的功課，超越障礙，還能隨時關心身邊的人，拍片現場一出現什麼問題，就不動聲色地暗中提供協助。

這樣的主角級演員並不多。

演員是一份非常辛苦的職業。嘴裡說的是別人寫好的台詞，不是自己心裡真正想說的話。有時必須愛上自己不喜歡的人、傷害自己一點也不討厭的人，有時又必須挑戰從來沒體驗過的行業，隨時都處於說謊狀態。人一紅就被捧上天，不再有願意指正錯誤的人。在這樣的環境下，還得一次又一次和其他演員競爭，像是玩著沒有幾張椅子可搶的大風吹。

處於這種精神狀態下，還能保持「普通」感覺的人實在太少了。越受歡迎，精神越是孤立；工作越忙碌的人，「自我」越會膨脹，無論如何都會變得任性自私、目中無人。即使在工作現場協助別人，也掩飾不住那股「我可是在幫你」的高傲，到最後只會招來眾人厭惡，離「普通」越來越遠。

十幾歲就活躍於演藝圈的她，經歷過的事一定多得遠遠超乎我所想像，或許她也不是一開始就像今天這樣。

從那樣的歷練中，她在工作場合發現真正的誠懇是什麼，更走到一般演員無法到達的境界，靠自己的力量獲得了「普通」。

我很喜歡讚美別人，看到人家出色的地方，就想毫不保留地跟對方說「我覺得你這種地方真是太棒了」，可是，她曾說過自己很怕被稱讚。

「雖然也會高興，可是更覺得難為情。」

別再說了啦——她這麼要求。

所以，我只好偷偷在這裡寫成文章，內心祈禱她在殺青前都不要讀到。

妳真的是一個很棒的普通女孩。

天亮

打開從客廳通往陽台的落地窗。

凍僵的感覺先是襲擊了腳尖，接著寒氣快速竄升到臉上。房裡的暖氣宛如瞬間被風吹起的蒲公英棉絮，往屋外飄散。身旁是暖氣室外機發出的聲音，遠處則傳來耗油的摩托車聲。

天上沒有星星，如果仔細觀看，可以看見一層薄薄的烏雲。黑色的天空從烏雲縫隙探出頭來。

路上幾乎沒有人，鴉雀無聲。林立的公寓大樓窗戶裡，零星亮著幾盞燈。鬧區中不知為誰而亮的霓虹燈與無人看見的廣告招牌煌煌發光。

深夜的靜寂和日間擁擠的人群一樣吵。缺乏濕氣的冬日空氣乾燥，感覺不到一絲水氣或塵埃等障礙物，給人一種現在大喊的聲音一定能傳到遠方的錯覺。

看看握在右手的智慧型手機畫面，現在時間剛過凌晨四點。

我非常喜歡深夜。

如果隔天沒什麼事的話，大概可以一直醒到早上六點。可以打電動，也可以看電影。找尋喜歡的音樂是個不錯的主意，一口氣看完電視動畫的藍光光碟也很好。再不然，可從電視節目表裡隨機選擇節目播放，或是一直盯著影片上傳網站也行。

事實上，剛才我就看了一小時的 YouTube 網站，邂逅了過去從未看過的出色影片。

影片上傳的時間是五年前。這個我幾乎每天都會觀看的網站裡，還有太多我從未看過的內容。世界上仍有許多我不知道的事。過去也好，未來也好，令我興奮期待的東西還有很多很多。

幾年後回頭看，說不定會發現這部影片甚至改變了自己人生的方向。那就是一部這麼出色的作品。

像這樣在深夜從事的活動，不管看了什麼或攝取了什麼，總給我一種滲入體內的感覺。彷彿那將成為養分，成為自己下一次的活力。

然而實際情形是，夜越深的時候觀賞的作品，記憶中的印象就越是模糊，有時連細節都回想不起來。老實說，深夜沒有什麼特別值得一提的好處。話說回來，如果換個角度想，因為記不住，所以不管看幾次都能保持新鮮感，就這層意義來說倒也挺好的。深夜是寬宏大量的，不用計較那麼多細節也沒關係。

當然，利用這段時間工作也不錯。

無論是作詞、作曲、寫散文、想點子還是背台詞，只要在深夜做這些事，總會產生一種莫名的預感，確信當下做的事一定能延續到未來。其實不管中午做、晚上做還是早上做，工作步調都不會改變，做得出來的時候就做得出來，做不出來的時候就做不出來。在深夜裡工作，唯一不同的只是心情比較好而已。

比方說，在酒吧或居酒屋跟人聊天，夜越深越能聽到好故事。不只是聽，自己也能順利說出原本無法用言語表達的想法，讓對方更容易了解。

聊著聊著漸漸睏了，腦袋也放空，可是聚會仍舊繼續，就在精神恍惚之中，忽然會有一個瞬間攀過睏意的巔峰，結果，像是原先的恍神從沒發生過般又恢復精神，能與人愉快地交談，甚至可能說出足以影響往後一輩子的對話。

我也喜歡從深夜講到天亮的電話。總覺得夜裡澄澈的空氣有助電波傳遞，能將自己的心情更順利地傳達給對方，自己也能順利接收對方的心情。即使一時不知該說什麼而沉默，還是覺得有什麼連繫著彼此。

我從小就常熬夜，父母入睡之後的安靜夜裡，獨自打開窗戶感受無人的城市。說不上為什麼，心裡總有個想法，確信某處有人和我一樣，正眺望著寂靜的街道。

當時腦中經常幻想自己身手矯健地站在偌大舞台上唱歌跳舞。那個年紀的我還沒有絲毫表演欲。因為這樣的幻想和現實之間的差距過大，我甚至不曾煩惱自己是否真心這麼希望，也沒想過要打消念頭，應該說我根本沒有想太多。

無論這樣的幻想與預感是否正確，都具有改變現實、創造未來的力量。想像力和自戀不一樣。雖然我小時候還沒有那些詞彙，不過就算被說「痛痛的」(註11)或認為我有「中二病」，人還是不能輸給那些無聊的話語，應該要繼續幻想下去。創造現實最根本的基礎就是想像力。

好冷，在陽台上沉思的行為已瀕臨極限。

望著安靜沉睡的城市，我再次深深感受到自己果然喜歡深夜。為什麼呢？思考著原

註11：日本俗語，非指身體層面的疼痛，而是一個人不合常識的言行舉止讓人感到羞恥或是覺得不像樣。

因時，正好看見東方天空微微發紅。

內心頓時豁然開朗，我已經知道原因是什麼了。

因為早晨會來臨。

不孤單這件事

《月薪嬌妻》的拍攝工作漸入佳境。

這天拍攝的是電車內的場景。

我前一天先抵達外景地，在距離拍攝地點最近的飯店過夜。前一天晚上開始下的小雨，雖然在拍攝當天停了，天卻還是陰的。

拍攝時包下整列電車使用，除了工作人員、演員和臨時演員以外，車上沒有其他人。儘管如此，由於這輛電車只能利用實際電車班次的空檔行駛，為了避免與前後方列車相撞，必須和正式電車一樣遵守發車時間。

只要有人去上廁所來不及搭上車，拍攝工作就無法進行了，可是一旦列車因此停下，又會為鐵路公司和當天其他電車的乘客造成莫大困擾。

拍攝電車行駛中的場景時，非得抓緊行駛於兩站之間的時間拍完一個鏡頭不可。配合各站的間隔時間，事先決定好在哪個區間拍哪一幕戲，為了避免多次重拍，自然而然便會提高注意力。

專注到一定程度，正式開拍的當下會產生一種錯覺，彷彿車上只剩下自己飾演的津崎平匡與結衣飾演的森山美栗兩人。直到導演喊「卡」，剛才自現實中消失的工作人員或眼前的攝影機才又倏地出現。

我腦中忽然閃過一個念頭。

自己身邊真的有好多人。

明明每天都在拍戲，每次導演喊「卡」時，卻會忽然覺得身邊有好多人，陷入不可思議的心境。

工作人員及演員們各自說著玩笑話鬥嘴，大家總是在笑聲中克服嚴苛的攝影進度，為創造出一部虛構的作品拚命。拍我的「特寫」鏡頭時，雖然說來理所當然，但所有人都為了拍我而嚴肅地工作，感覺真是奢侈。不經意抬起頭，流過車窗外的雖是陰天的景色，心情卻變得很高興。

感覺自己「不孤單」。

我很高興能有這種感覺。

十幾歲到二十幾歲的時候，我總是認為自己「孤單一人」。每次這麼一想，心情就變得好悲哀。

身旁明明有那麼多人，我卻裝作沒看見，硬是扭曲自己的心。高舉莫名其妙的理想大旗，無法面對現實，逼自己當個不去感受幸福的人。

「一旦獲得幸福就無法創造好的表現。」這種話不過是窩囊的歪理，是對自己的個性和才華沒自信的人所找的藉口。討厭沒必要討厭的東西，根本不喜歡的東西卻硬說喜歡，只為了強調自己與眾不同。

無法認同這樣的自己，又不得不戴上虛偽的面具，搶在被人瞧不起之前先說自己壞話。把「我都知道」這句話當成防護罩，這樣才不會受傷害。真沒用。做這種事，就算實際上擁有至高無上的幸福人生，還不是一輩子都感受不到幸福。

現在，我已經完全不會那樣想了。

我開始認為，即使感到幸福也能表現出不滿足於現狀的努力，那樣的人才是真正厲害。我開始能不欺騙自己的心，感受自己真實的好惡，討厭的東西盡可能留在心裡頭不說出口；就算被誰瞧不起，只要笑笑說一句「這樣啊」就好，內心也只會受到普通程度的傷害。

我不會說這樣子才是正常的，也不會說每個人都應該如此。只是考慮到自己的性格及環境，這麼做能讓我活得最為輕鬆自在，如此而已。全世界有多少人，正確答案便會有多少種。

自己並不孤單，但始終是一個人。曾幾何時，孤單這件事變成了大前提，而我甚至沒有特別注意到。

於是，誰對我伸出援手，誰對我溫柔相待，誰給我建議，誰陪伴在我身邊……只有這些讓我發現「自己並不孤單」的記憶不斷增加。我開始能把焦點放在人生中不孤單的瞬間。

生命的車窗朝向四面八方。即使現實只有一個，當從不同窗戶往外看世界時，生命的方向也會跟著改變。

朝好的方向看——這句話聽來或許八股，持續去做卻不簡單。要一直保持積極向前的態度活下去真的很困難。

為了抵達超乎預期有趣又開心的終點站，我願意去看更好的窗戶。這不是逃避現實，為了符合現實地超越現實，需要這樣的心思與智慧。

電車往前行駛，我聽見「準備開拍」的聲音。朝車窗望去，陰沉的天空已落在遙遠的後方，厚重的雲層打開一道空隙。

在我聚焦的眼中，看見的是和剛才完全不同的蔚藍天空。

不久就放晴了。

後記

謝謝您將《從生命的車窗眺望》第一集帶回家。

在首次發表的〈文章〉一文中也寫到，我之所以勉強自己投入寫作這份工作，最初的動機是想克服文筆拙劣的缺點。幸運的是，這份工作持續到現在，隨著歲月累積，我也開始從中感受到樂趣。

描寫周遭發生的事或喜歡的人，是一件非常有趣的事。以前，我曾拚命想透過文章控訴自己覺得不合理的事，或是讓別人接受自己的意見、主張。不過現在，我沒有什麼特別想講的事。身旁的景色烙印於眼底的殘像，感到心動的事——只要盡可能把這些原原本本寫進文章裡，就是最痛快的事。

持續寫了十年散文，我發現一件事：能夠寫出不假修飾文章的人，或許才稱得上是專業的寫作者。

人都有表達欲，那樣的欲望之中包含了各種要素。尤其是在寫作這件事上頭，基於渴望獲得他人評價的欲望，容易變得「因為想被視為某種人，所以刻意說某種話」，結果從中產生不必要的自我與自戀。音樂也一樣，想表現與渴望被了解的心情往往附帶了雜質。對於寫作的門外漢來說，和那樣的心情對抗、盡可能刪減雜質，是一件很困難的事，只有專家中的專家才辦得到。這個道理，直到我讀了各式各樣的書後，現在才終於明白。

與作家的資歷無關，我心目中「會寫文章的人」不是將文筆用來發洩自我欲望，而是用來刪減自我與自戀。

散文的連載還會繼續，雖然不知道將來會怎麼樣，但我有預感它將成為自己畢生的志業。我想沒有壓力地繼續寫下去，期待自己能一點一滴進步成為那樣的作者。

參與製作這本書的人，真的都是很棒的人，拜各位之賜，這本書得以完成。

為本書繪製插畫的すしお先生、完成裝幀設計的吉田ユニ小姐、接受委託負責內文排版的宮古美智代小姐、拍攝書腰照片的磯部昭子小姐、造型師 TEPPEI 君、化妝師高草木剛先生，以及從雜誌連載到集結成書都負責企劃與編輯的村井有紀子小姐，各位真的辛苦了。

那麼，下次連載時再見。又或者，第二集再見。

星野源

首次刊載

本書為2014年12月號至2017年2月號《達文西》雜誌上的連載專欄
「從生命的車窗眺望」的文章集結而成，並加上增補與修正。
〈文章〉與〈柴犬〉兩篇為首次發表。

國家圖書館出版品預行編目資料

從生命的車窗眺望 / 星野源作 ; 邱香凝譯 . -- 一版 . -- 臺北市 : 臺灣角川 , 2017.07
面 ;　公分

譯自：いのちの車窓から
ISBN 978-986-473-767-3(平裝)

861.57　　106008465

文學放映所107

從生命的車窗眺望

原書名＊いのちの車窓から

作　　者＊星野源
畫　　家＊すしお
譯　　者＊邱香凝

2017年7月6日　一版第1刷發行
2024年6月12日　一版第10刷發行

發 行 人＊台灣角川股份有限公司
總　　監＊呂慧君
總 編 輯＊蔡佩芬
主　　編＊李維莉
設計指導＊陳晞叡
美術設計＊吳佳昫
印　　務＊李明修（主任）、張加恩（主任）、張凱棋、潘尚琪

台灣角川

發 行 所＊台灣角川股份有限公司
地　　址＊104台北市中山區松江路223號3樓
電　　話＊(02)2515-3000
傳　　真＊(02)2515-0033
網　　址＊www.kadokawa.com.tw
劃撥帳戶＊台灣角川股份有限公司
劃撥帳號＊19487412
法律顧問＊有澤法律事務所
製　　版＊尚騰印刷事業有限公司
I S B N ＊978-986-473-767-3